나를 돌보지 않는
나에게

나를 돌보지 않는 나에게

1판 1쇄 발행 2019. 10. 23.
1판 14쇄 발행 2022. 11. 26.

지은이 정여울

발행인 고세규
편집 김성태 | 디자인 박주희
발행처 김영사
등록 1979년 5월 17일 (제406-2003-036호)
주소 경기도 파주시 문발로 197(문발동) 우편번호 10881
전화 마케팅부 031)955-3100, 편집부 031)955-3200, 팩스 031)955-3111

값은 뒤표지에 있습니다.
ISBN 978-89-349-9934-8 03810

홈페이지 www.gimmyoung.com 블로그 blog.naver.com/gybook
인스타그램 instagram.com/gimmyoung 이메일 bestbook@gimmyoung.com

좋은 독자가 좋은 책을 만듭니다.
김영사는 독자 여러분의 의견에 항상 귀 기울이고 있습니다.

이 도서의 국립중앙도서관 출판예정도서목록(CIP)은 서지정보유통지원시스템 홈페이지(http://seoji.nl.go.kr)와 국가자료공동목록시스템(http://www.nl.go.kr/kolisnet)에서 이용하실 수 있습니다.(CIP제어번호 : CIP2019038807)

정여울의 심리테라피

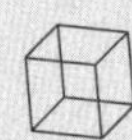

나를 돌보지 않는 나에게

정여울 지음

김영사

차례

3. 마음의 안부를 물을 시간이 필요하다

4. 슬픔에 빠진 나를 가장 따스하게 안아주기

일러두기

1. 단행본은《 》로, 시, 영화, 드라마, 노래, 논문 등은〈 〉로 묶었다.
2. 서지사항 표기에 출간 기관 없이 출간 연도만 표기된 경우는, 원서/국내서의 초판 출간 연도를 의미한다.
   예《꿈의 해석》(1900),〈병원〉(1948)
3. 영화의 경우는 감독명과 개봉 연도를, 드라마와 다큐는 제작사 또는 제작자와 방영 연도를 표기했다.
   예〈항거〉(조민호 감독, 2019),〈왕좌의 게임〉(미국 HBO 제작, 2011~2019)
4. 인명, 작품명 등의 외국어와 외래어는 국립국어원 외래어표기법에 따르되 몇몇 경우는 관용적 표현을 따랐다.

내 마음의 힐링 패키지

심리학을 공부하면 좀 나아질 줄 알았다. 나의 이 예민하고, 까탈스럽고, 내성적이면서도, 속에 품은 것을 언젠가는 터뜨리지 않으면 못 견디는 성격이. 그런데 성격이란 참으로 복잡한 요물이다. 좀 나아질 것 같다가도 전혀 예상치 못한 순간에 분노의 마그마를 터뜨리고, 심지어 남들에게 '너 성격 정말 좋아졌다!'고 칭찬을 들은 날에, 참았던 히스테리가 폭발하기도 한다. 얼마 전에는 일 때문에 처음 만난 낯선 사람에게 업무적인 불편 사항을 이야기해야 하는 상황이었는데, 아무리 대화를 해도 상황이 나아지지 않기에 나도 모르게 버럭 짜증이 나고 말았다. 나의 화에 내가 더 화들짝 놀라 금방 사과하기는 했지만, 다시 볼 수도 없는 사람, 단 한 번 스쳐가는 사람에게

미안한 일을 저질렀다는 것이 어찌나 후회되던지. 내 마음을 치유하기 위한 심리학 공부를 시작한 지 10년이 넘었지만, 나는 아직도 내 마음을 보살피고 돌보는 데 서툴다.

나는 스스로 반성하며 물었다. 내 안의 가장 좋은 에너지는 무엇인지, 내가 용기를 내어 지켜내야 할 최고의 내적 자산은 무엇인지. 그것은 바로 한없는 다정다감함이었다. 잘못을 저질렀을 때 금방 깨닫고 사과할 수 있는 용기, 다정도 병인 양하여 잠 못 드는 밤이 아무리 많아도 끝내 타인에게 다정해지는 내 안의 따스함이었다. 만일 내가 분노에 사로잡혀 그 다정다감함을 잃는다면, 아무리 현란한 심리학적 지식들로 중무장해도, 나는 진정한 치유자가 될 수 없음을 깨달았다.

나는 지크문트 프로이트Sigmund Freud, 카를 구스타프 융Carl Gustav Jung, 알프레트 아들러Alfred Adler, 빅터 프랭클Viktor Frankl, 캐런 호니Karen Horney 등 인류 역사에 깊은 영향을 끼친 그 모든 심리학자를 가리지 않고 받아들인다. 특히 프로이트 학파와 융 학파는 사이가 좋지 않다지만, 진정한 치유를 꿈꾸는 사람들에게는 그런 갈등이 중요치 않다. 융과 프로이트가 서로 반목했다는 사실보다도 두 사람 모두가 인류의 궁극적인 치유를 위해 노력했다는 더 커다란 진실이 중요하다. 우리가 마음을 활짝 열고 심리학과 만난다면, 누구나 나만의 힐링 패키지를 만들 수 있다. 이 힐링 패키지에는 병원에 가지 않고도, 상담사와 만나지 않고도, 내가 나를 치유할 수 있는 모든 마음치유의 처방전들이 들어 있을 것이다. 마치 지진이나 전쟁에 대비해 미리 꾸려놓는 생존 배낭처럼, 내 안의 힐링 패키지에는 내가 알고 있는 모든 음악, 사람들과의 대화, 심리학에서 얻은 지식들, 문학작품의 문장들, 내가 맡은 모든 꽃향기, 맛있는 음식들의 향취까지 함께 빼곡히 들어차 있다.

내가 고통스러울 때마다 스스로에게 처방하는 심리학 생존 배낭에는 각종 치유의 도구들이 가득하다. 이 모든 것이 일종의 보이지 않는 만능꾸러미가 되어, 언젠가 나에게 견딜 수 없는 재앙이 찾아와도 끝내 이겨낼 수 있는 내면의 생존 배낭을 구성한다. 매일 그 생존 배낭 속의 아이템이 하나 둘 늘어나는 것이 뿌듯하다. 내가 더 좋은 사람을 만날 때마다, 더 감동적인 책을 읽을 때마다, 더 아름다운 그림과 음악을 감상할 때마다, 내 안의 힐링 패키지는 산더미처럼 불어난다. 사물은 늘어날 때마다 공간을 차지하지만, 이 보이지 않는 심리학 생존 배낭에는 아무리 많은 치유의 비법을 구겨 넣어도 가방이 찢어지거나 1인용 무게 제한을 넘길 일이 없다. 게다가 그 어떤 교통기관의 도움 없이도 매일매일 내 마음속에 나를 치유할 수 있는 모든 도구를 쉽게 휴대할 수 있다. 나는 오늘도 나만의 힐링 패키지를 뚝딱뚝딱 조제한다. 여섯 살 조카와 통화를 하며 흘린 함박웃음 한 스푼, 영화를 보다가 흘린 눈물 한 움큼, 아주 오래전 처음으로 배낭여행을 떠났을 때의 미친 듯한 설렘 한 국자, 내가 슬플 때마다 펼쳐보는 카를 구스타프 융의 자서전 첫 챕터, 친구가 내 생일에 길가에서 들꽃을 따서 즉석에서 만들어준 오색빛깔 꽃다발의 추억. 이런 나의 힐링 패키지를 어여쁘게 포장하여 상처 입은 나와 당신을 위하여 내면의 생존 배낭을 꾸린다.

돌이켜보면 심리학은 나에게 최고의 에너지를 주었다. 항상 '깊은 속내를 나눌 만한 또래 친구가 별로 없다'며 '나는 친구를 사귀는 능력이 부족하다'고 스스로를 학대하던 나에게, 심리학은 가르쳐주었다. 다른 누구도 아닌 내 마음과 친구가 되는 법을. 나는 나를 충분히 아끼고 보살피지 못했고, 그 우울한 마음 때문에 타인을 보듬는 데도 어려움을 겪었음을 알게 되었다. 심리학을 공부하는 동안 나는 내 안의 못 말리는 다정함과 화해했다. 다정다감함이야말로, 자상함이야말로, 이토록 예민하고 까탈스러운 내가, 그 어떤 절망의 순간에도, 사랑을 잃지 않고 평생을 버텨낸 내 안의 내적 자산이었고, 최고의 회복탄력성이었다.

당신이 앞만 보고 달려오느라 자신을 돌보는 법을 잊어

버렸다면, 부디 이 책이 나 스스로를 향한 다정함과 자기공감self-compassion의 감성을 회복하는 안내서가 되기를 바란다. 자기공감이란 어떤 순간에도 내가 나의 확실한 편이 되어주는 것이다. 아무리 나 자신이 미운 순간에도 내가 진정한 나의 편이 될 수 있을 때, 우리 안의 잠재력은 비로소 그 눈부신 가능성을 발휘할 것이다.

이 책은 고통받는 나를, 슬퍼하는 내 친구들을, 아파하는 나의 독자들을 위해 꾸린 소담스러운 힐링 패키지다. 병원에 가거나 의사와 상담하는 것을 두려워하지만 나 자신의 힘으로 용감하게 나를 치유하고 싶어 하는 사람들을 위한, 아직은 건강한 혹은 건강한 척하는 우리 보통 사람들을 위한 심리테라피이기도 하다. 이 책은 사랑이 없는 것처럼 보였던 순간들, 사랑이 내 곁에 있는데도 그 사랑의 고마움을 몰랐던 시간들, 사랑이 없는 세상에서 고통받는 사람들을 생각하며 쓴 내 뜨거운 다정함의 기록이다.

2019년 10월
가을이 오는 길목에서
자신을 돌보는 법을 잊어버린 내 소중한 친구를 그리워하며 프롤로그。

'너는 안 될 거야'라는 목소리와 싸운다는 것

남들이 아무리 말려도, 왠지 나는 잘 해낼 수 있을 것 같을 때가 있다. 눈에 띄는 결정적인 증거를 댈 수는 없지만, 마음 깊은 곳에서 '이건 내가 진정으로 원하는 것이고, 오랫동안 준비해온 거잖아'라고 속삭이는 무엇이 있다. 내 생애 첫 번째 책을 낼 때가 그랬고, 모두가 이제 문학은 전망이 별로다라며 뜯어말릴 때 국문학을 전공으로 택할 때도 그랬고, 작가로 살고 싶다는 결심을 했을 때도 그랬다. 그것이 바로 나이기 때문에, 나를 부정하고는 하루도 제대로 살 수 없기 때문이었다.

물론 '너는 잘 해낼 수 없을 거야. 그래 가지고 뭐가 되겠니'라는 의심의 목소리가 나를 괴롭혔다. 저 봉우리를 넘기만 하면 자유가 보일 텐데, 넘기 전에는 어떤 전망도 보이지 않는다. 하지만 그 고통을 견디는 데는 신비로운 쾌감도 있다. 논문을 쓰기 위해 고시생처럼 매일 도서관에 출근하던 시절, 결승점이 어딘지도 모른 채 눈가리개를 하고 무작정 달리는 기분이었지만, 그때처럼 공부가 즐거웠던 적이 없었다.

'어떻게 하면 인간관계에서 상처를 덜 받을 수 있을까'라는 절박한 물음으로 정신분석을 공부할 때도 그랬다. 자크 라캉Jacques Lacan의 책을 읽을 때마다 너무 어려워 포기하고 싶은 마음이 굴뚝같았지만, 그를 이해하는 것은 인간 세상을 이해하는 데 커다란 도움이 되었다. '객관적으로 보면 안 될 것 같은데, 주관적으로는 어떻게든 반드시 그걸 해낼 수 있을 것 같다'는 이 느낌을 설명하는 단어가 바로 라캉의 실재계임을 알게 되었다. '도저히 안 될 것 같다'는 공포의 문턱을 넘어서는 순간, 지금까지와는 전혀 다른 자유의 세계가 펼쳐진다. 라캉이 말하는 실재계의 기적이다.

라캉의 상상계가 동화 속 해피엔딩을 열망하는 유아적인 환상의 세계라면, 상징계는 현실의 속박을 받아들이고 성숙한 자세로 삶의 고통을 극복해내는 어른들의 세계다. 안데르센Hans Christian Andersen의 〈인어공주〉(1837)가 지닌 비극적 결말을 없애버리고, 용감무쌍한 인어공주 에리얼의 행복한 결혼 이야기로 원작을 왜곡해버린 디즈니판 〈인어공주〉(존 머스커·론 클레멘츠 감독, 1991)는 상상계적 이야기다. 해피엔딩으로 현실의 복잡성을 은폐하는 이야기, 적과 아의 구분이 명쾌하고 영웅이 악당을 무찔러버리는 데서 쾌감을 느끼는 이야기들은 상상계적 차원에 머무른다.

상징계는 현실의 고통을 감수하는 어른들의 세계다. 사랑의 콩깍지가 벗겨지고 환상이 깨진 자리에서 더욱 성숙한 사랑은 시작된다. 인어공주가 인간이 되기 위해 감수하는 고통, 땅에 발을 디딜 때마다 발바닥이 타들어가는 듯한 고통을 견디는 것이 바로 상징계의 사랑이다.

실재계는 인간의 무의식 속으로 더 깊이 들어가야만 도달할 수 있는 세계다. 안데르센 원작 〈인어공주〉에서 왕자가 다른 여인과 결혼해버려 인간이 될 수 있다는 희망을 잃게 된 인어공주가 왕자를 죽이면 자신은 살 수 있음에도, 왕자를 살려내고 자신은 물거품이 되는 길을 택하는 것. 그것이 바로 실재계의 감동이다.

물거품이 돼버린 인어공주는 더 이상 이 세상, 상징계에 속할 수 없지만, 인류의 집단무의식 속에서 생이 끝나도 계속되는 진정한 사랑의 상징으로서 영원히 살아 있다.

나도 때로는 상상계의 동화적 환상 속에 머물고 싶다. 모든 꿈이 디즈니 애니메이션처럼 해피엔딩으로 마무리되면 얼마

나 좋을까. 하지만 '현실은 그게 아니잖아'라고 따끔하게 지적하는 상징계의 회초리가 있기에, 우리는 온갖 스트레스를 견디고 뼈아픈 감정노동도 버텨낸다. 달콤한 동화적 환상에 만족하는 상상계를 넘어, 현실의 냉혹함을 이겨내는 철든 어른들의 상징계를 넘어, 마침내 인생을 통째로 올인하는 최고의 모험을 견뎌낸 사람들에게 주어지는 실재계의 감동이 있다.

나에게 과연 그런 무시무시한 잠재력이 있을 것이라고는 상상도 하지 못했던 내 안의 낯선 자아가 튀어나오는 순간, 매너리즘에 사로잡힌 현실의 자아를 뛰어넘어 내 안의 가장 빛나는 힘이 무지개처럼 용솟음치는 순간. 그때 우리는 '너는 해낼 수 없을 거야'라고 속삭이던 자기 안의 괴물과 마침내 싸워 이길 수 있다.

1.

제대로 사랑하는 법을 몰랐기 때문에

뼈아픈 후회에 빠져들지 않기 위해
우리는 오늘 바로 이 순간을
와락 붙잡아야 하는 것이다

외향성을 우대하고 내향성을 꺼리는 사회

외향성을 우대하는 사회에서는 내향적인 사람들이 십중팔구 손해를 본다. 목소리 큰 사람이 이긴다는 속설은 내향적인 사람들을 절망시킨다. 내성적인 사람들은 '분위기 망치지 마' '너무 예민하게 굴지 마'라는 잔소리를 들으며 자신의 성격을 원망하기 쉽다. 나는 본질적으로 내성적이지만 살아남기 위해 필연적으로 외향적인 성격을 연기할 때가 있다. 대중 앞에서 강연하는 내 모습을 본 사람들은 나를 의외로 외향적이라고 평가하기도 하지만, 가족들은 내 본질적인 내향성을 잘 안다. 나는 내성적인 본래 모습을 숨기지 않을 때 가장 편안함을 느낀다. 그렇게 솔직한 내 모습을 표현하다 보면 나도 모르게 뜻밖의 외향성이 튀어나오기도 한다. 완전히 외향적인 사람도 완전히 내향적인 사람도 없다. 내향성과 외향성은 지킬과 하이드처럼 한 인격 내부의 두 가지 상반된 모습이 아닐까.

나의 내성적인 성격의 역사에는 크게 세 가지 국면이 있었다. 첫 번째 시기는 내성적인 내 성격을 부끄러워한 시절이었다. 삼십대 중반까지 쭉 내성적인 성격을 저주하며 살았으니 그 시간이 너무 길었던 셈이다. 내향성과 예민함과 우울함이 무려 삼박자를 이루었으니, 내 성격은 참 구제불능이라고 생각했던 시절도 있었다. 그 시절을 통과하고 나니, 그런 감정은 지나치게 가혹한 자기규정이었음을 알았다. 내향성을 극복하기 위해, 나는 끊임없이 배낭여행을 하고, 강의를 하고, 바쁘게 사람을 만나고 다녔다. 내향성을 극복하지 않으면 살아남을 수 없을 것 같은 위기감을 느꼈기에.

두 번째 시기는 내성적인 성격의 장점을 발견하며 기뻐한 시절이었다. 심리학을 공부하면서 나는 내향성의 장점을 알게 되었다. 자기 안으로 침잠하는 사람들은 그 어떤 외부의 자극 없이도 혼자만의 세계를 가꿀 줄 안다. 내향적인 사람들은 자신의 관심사에 온전히 집중하며 나만의 세계를 창조하느라 여념이 없기에 언뜻 괴짜로 보이지만, 실은 창조적인 아이디어를 끊임없이 생산해낼 수 있는 잠재력을 지녔다. 내가 글쓰기를 업으로 택한 것도 내향성을 창조의 발판으로 삼기 위한 무의식의 선택이었을지도 모른다. 처음에는 말하기가 두려워 글쓰기로 도망쳤지만, 결국 내가 선택한 바로 그 글쓰기 때문에 더 많은 강연과 인터뷰를 소화해야만 하는 딜레마를 긍정적으로 받아들이게 되었다.

세 번째 시기는 내향성과 외향성의 이분법적인 경계를 뛰어넘기 위해 애쓰는 지금이다. 내 안에 잠재된 90퍼센트의 내향성과 10퍼센트의 외향성을 있는 그대로 사랑하고 싶다. 내향적인 사람들의 침묵은 수많은 빛깔을 간직하고 있다. 같은 침묵이라도 아주 다채로운 의미를 가지고 있으므로, 그 침묵의 의미를 잘 해석해야 할 때가 있다. 내향적인 사람들은 대세나 시류에 대한 반대나 저항의 의미로 침묵을 택하기도 하고, 너무 행복하거나 충만한 느낌을 조용히 음미하기 위해 침묵하기도 한다. 침묵하는 이들은 겉으로 똑같이 내성적으로 보이겠지만, 그때그때 다 다른 빛깔과 향기를 머금은 침묵을 표현하고 있는 것이다. 침묵에도 수백 가지 스펙트럼이 있는 셈이다. 이제 나는 내 안의 우울한 내향성을 편애하지도 않고, 뼛속 깊이 활달하고 적극적인 타인의 외향성을 질투하지도 않으려 애쓴다. 내 안에도 두 가지 본성이 모두 꿈틀거리고 있음을 이해한다.

내향성도 외향성도 절대적인 것이 아니다. 우리 사회가 내향적인 사람들에게 좀 더 관대했으면, 내성적인 사람들에게도 더 많은 기회를 주었으면 좋겠다. 내향적이라고 해서 주체성이 떨어지는 것도 아니며, 외향적이라고 해서 반드시 더 밝고 긍정적인 것도 아니기에. 글쓰기는 내향성의 집중력과 외향성의 표현력을 동시에 필요로 하는 일이다. 글쓰기를 통해 나는 내 안의 내향성과 외향성을 최대한 실험해보는 마음챙김 훈련을 한다. '나는 내성적이니까 이런 일은 못해!'라는 갑갑한 자기규정의 감옥을 뛰어넘고 싶다. 나는 내 안의 내향성과 외향성의 경계를 뛰어넘어, 내가 원하는 것을 원한다고 당당하게 말하는 용기를, 어떤 상황에서도 진정한 내 자신으로 살아갈 수 있는 담대함을 간직하고 싶다.

놓쳐버린 기회가 가슴을 저밀 때

대학생들의 고민을 들어주는 상담선생님과 이야기를 나누다가, 요새 학생들의 가장 큰 걱정 중 하나가 '과연 대학에서 배우는 것이 취업하는 데 진짜 도움이 될까'라는 걸 알게 됐다. 가슴이 아려왔다. 나 또한 취업이 걱정이긴 했지만 대학에서 배우는 것이 반드시 취업에 도움이 돼야 한다는 강박은 없었다. 오히려 이런저런 현실적인 걱정 때문에 '대학에서 정말로 배워야 할 것들'을 소홀히 할까 봐 걱정이었다.

대학은 내게 취업의 관문이 아니라 인생에서 진정으로 배워야 할 것들을 스스로 탐구하는 곳, 가슴 아픈 방황마저도 창조와 배움의 에너지가 되는 장소였다. 내가 대학 생활에서 후회하는 것은 취업의 관문을 통과할 만한 실질적인 기술을 배우지 못한 것이 아니라, 더 많은 책을 읽지 못한 것, 친구와 더 깊이 사귀지 못한 것, 그리고 또다시 상처받을까 봐 새로운 도전 자체를 두려워한 것이었다.

연말이 다가올 때마다 헨리 데이비드 소로Henry David Thoreau의 《월든》(은행나무, 2011)을 다시 읽는 버릇이 있다. 주체할 수 없는 열정으로 스스로를 너무 괴롭히고 있는 것은 아닌지, 일에 대한 사랑을 삶에 대한 사랑으로 착각하는 것은 아닌지 되돌아보며. 우리는 길을 잃은 뒤에야, 세상을 잃은 뒤에야 비로소 자신을 찾기 시작한다는 소로의 속삭임이 다시금 가슴을 아프게 두드린다. 삶이 아닌 삶은 살고 싶지 않다고, 삶을 극한으로 몰아세워 최소한의 조건만 갖춘 강인한 스파르타인처럼 살고 싶다는 소로의 결심은 매번 싱그러운 울림으로 다시 다가온다.

얼마 전에는 프랑수아즈 사강Françoise Sagan의 소설 《브람스를 좋아하세요...》(민음사, 2008)를 읽다가 가슴 저미는 대목을 찾아냈다. 인간의 의무를 소홀히 해온 당신을 고발하겠다고. 사랑을 그저 스쳐 지나가게 한 죄, 행복해야 할 의무를 소홀히 한 죄, 그리고 온갖 핑계와 편법과 체념으로 살아온 과거를 고발하겠다고. 바로 이런 뼈아픈 후회에 빠져들지 않기 위해, 우리는 오늘 바로 이 순간을 와락 붙잡아야 하는 것이다.

나 또한 바쁘다는 핑계를 대며 놓쳐버린 생의 모든 아름다움을 언젠가 마음의 여유가 생기면 되찾을 수 있다는 헛된 꿈을 꾸었던 것은 아닐까. 하고 싶은 일보다는 해야 할 일에 집착하는 한, 내가 꿈꾸는 삶이 아닌 남들이 부추기는 삶을 향한 미련을 놓지 못하는 한, 우리는 결코 놓쳐버린 사랑을 되찾을 수도 없고, 행복해야 할 의무에 충실할 수도 없으며, 그 꿈은 어차피 이뤄지지 않을 것이니 하루라도 빨리 포기하자는 습관화된 체념으로부터 벗어날 수도 없다.

신학자 프레드릭 비크너Frederic Buechner는 직업을 선택하는 기준에 대해 이렇게 아름다운 정의를 내렸다. "직업은 당신의 진정한 기쁨과 세상의 깊은 허기가 서로 만나는 장소다." 세상의 깊은 허기를 읽어내는 눈길, 그리고 세상의 깊은 허기와 자신의 진정한 기쁨을 일치시킬 줄 아는 마음의 안테나가 필요한 요즘이다.

피아니스트 조성진이 협연한 베토벤Ludwig van Beethoven의 〈황제〉 실황을 TV로 시청하면서, '오직 한 번뿐인 생의 눈부신 반짝임'을 보았다. 조성진의 재능은 단지 최고의 테크닉에만 있는 것이 아니라 아주 익숙한 음악조차 세상에 처음 출현하는 작품처럼 눈부신 싱그러움으로 되살려내는 음악적 감수성에 있었다. 나는 그토록 여러 번 들었던 〈황제〉가 마치 그 무대에서 완전히 초연되는 듯한 싱그러운 감동을 맛보았다. 무언가를 후회 없이 사랑한다는 것은 저런 표정, 저런 느낌, 저런 열정에서 우러나오는구나. 부럽고, 아름답고, 눈부셨다.

우리가 이렇게 생에 한 번뿐인 눈부신 반짝임들을 놓치지 말았으면 좋겠다. 우리 앞에서 연주되는 생의 아름다움을 경험할 이 순간은 오직 한 번뿐이니. 세상이 목말라 하는 것들을 찾기 위해 부디 유행이나 대세를 따라가지 않기를. 다만 자기 안의 목마름을 세상의 목마름과 합치시킬 수 있도록 끊임없이 나의 열정과 세상의 허기를 일치시키는 마음공부를 게을리하지 말기를.

내 안의 무의식이 꿈틀, 깨어나는 순간

내 안에서 아직 제대로 깨어나지 못한 잠재력이 '꿈틀'하는 것이 느껴질 때가 있다. 감동적인 책을 읽을 때, 간절히 바라던 소원이 이뤄지는 순간, 그리고 사랑에 빠져서 좀처럼 헤어나지 못하는 순간이 그렇다. 이렇게 나라고 믿었던 나의 한계를 뛰어넘는 것을 가능하게 만드는 것이 자크 라캉이 말하는 '실재계'의 힘이다. '나만 영원히 사랑해줘' '내 생각은 다 옳아' '해피엔딩만 좋아'라고 생각하는 유아적 환상이 상상계라면, 자신의 모든 현실적 필요를 스스로 책임지는 어른스러운 정신세계는 상징계다. 그리고 평소에 상상도 하지 못했던 기적 같은 일이 실제로 일어나게 만드는 무의식의 영역이 실재계다. 김서영의《영화로 읽는 정신분석》(은행나무, 2014)은 이런 라캉의 정신분석과 융의 분석심리학을 융합해 수많은 영화가 지닌 깊은 치유의 힘을 발굴해낸다.

상상계가 피터팬처럼 어른이 되기를 거부하는 우리 안의 무책임한 순수성을 나타낸다면, 상징계는 언어를 통해 현실을 감당하는 능력, 나아가 인생의 역경조차 자신이 책임져야 할 일부로 받아들이는 성숙한 어른들의 세계다. 실재계는 나도 모르는 놀라운 힘이 숨어 있는 무의식의 장소다. 운동선수들이 피나는 훈련 끝에 마침내 세계 신기록을 세운다든지, 예술가들이 오랜 슬럼프와 고행 끝에 비로소 최고의 영감을 끌어내 아름다운 작품을 창조해내는 것을 가능케 하는 힘이 바로 실재계에서 우러나온다. 누군가를 진정으로 사랑할 때, 이전에는 결코 시도조차 하지 않았던 일이 마치 기적처럼 가능해지는 것도 실재계의 힘이다.

실재계의 빛이 강렬한 만큼 그림자도 강력할 수 있다. 강력한 트라우마가 무의식 깊숙이 잠들어 있을 때, 실재계는 그 사람을 끊임없이 가위 눌리게 할 수도 있고 환청이나 환영에 시달리도록 만들 수도 있다. 말하자면 실재계는 우리 무의식이 지닌 최고의 잠재력과 최악의 상상력이 공존하는 엄청난 에너지의 장이다. 이 실재계를 어떻게 자극하고 단련하고 연마하느냐에 따라, 인간은 창조적 상상력을 발휘해 자기 안의 최대치를 실현할 수도 있고, 환영에 사로잡혀 최악의 범죄를 저지를 수도 있다. 김서영의 이 책은 무의식의 무한한 가능성조차 돌봄의 대상, 성장과 치유의 대상이 될 수 있음을 증언한다.

의식의 수면 아래 깊이 가라앉은 무의식의 꿈과 감정, 욕망까지도 소중한 자기의 일부로 보살필 수 있을 때 우리는 자기 안의 최고의 가능성, 즉 융이 말하는 '자기 안의 위대한 신화'를 살아낼 수 있다. 실재계의 기적을 일상 가장 가까이서 증언하는 것이 바로 사랑의 힘이다. 내가 도저히 해낼 수 없을 것만 같던 일을 마침내 해낼 수 있도록 용기를 주는 사랑. 단 한 번 사랑하고 평생 만날 수 없을지라도 마침내 내 삶을 바꾸는 아름다운 사랑. 그가 내 곁에 없어도 그와의 약속만은 반드시 지켜내도록 만드는 사랑. 바로 이런 사랑이 실재계적인 사랑이며, 운명의 장애물을 뛰어넘는 용기가 되는 사랑이다.

나아가 〈스타워즈〉(조지 루카스 감독 외, 1977)의 명대사, "포스가 함께하기를May the force be with you"이야말로 '자기 안의 신화를 살아내라'는 융의 메시지와 일치한다. 포스는 곧 자기 안의 무한한 가능성이며, 자신을 믿어야만 비로소 발휘되는 무의식의 빛나는 재능이니까. 정신분석이란 바로 내 안의 더 깊은 가능성을 끌어내는 힘, 모두가 '안 될 거야'라고 생각할 때조차 내 안의 최고의 힘을 기어이 끌어내는 용기의 다른 이름이기에.

당신과 나 사이의
피할 수 없는 거리감

영국에서 지하철을 탈 때 가장 많이 듣는 안내방송 문장이 있다. '마인드 더 갭Mind the gap.' 실질적인 의미는 객차와 플랫폼 사이의 간격이 넓으니 조심하라는 뜻이지만, 계속 반복해서 듣다 보니 매우 상징적인 의미로 들렸다.

이 문장을 인생에 적용하면 굉장히 다채로운 의미로 확장할 수 있을 것 같았다. 사람과 사람 사이의 갭을 생각하라. 너와 나 사이의 차이를 생각하라. 진정한 나와 연기하는 나 사이의 차이를 생각하라. 남자와 여자의 차이를 존중하라. 이런 식으로, 나는 이 문장을 여러 각도에서 응용해봤다.

어느 정도의 갭이 필요한 관계는 상상 이상으로 많았다. 개인과 집단의 차이, 나와 타인의 차이, 아이와 어른의 차이, 내가 생각하는 나와 남들이 생각하는 나와의 차이, 그리고 되고 싶은 나와 현재의 나 사이의 거리. 그 모든 거리감이 갭이라는 단어 속에 녹아 있다.

갭이라는 단어는 틈새, 균열, 간극, 차이 등으로 해석되며 A와 B 사이에 벌어진 틈이나 거리를 말하지만, 그 거리감이 차갑고 냉정한 것만은 아니다. 제대로 된 거리감을 획득하지 못해 실패하는 관계가 많다. 커플이라는 이유로 지나치게 모든 것을 공유하다 보면 문득 나만의 시간이나 공간을 갖고 싶어져 상대방의 사랑이 소유욕이나 집착으로 느껴지곤 한다. 모든 시시콜콜한 이야기와 내 모든 과거와 숨기고 싶은 아픔까지 상대방에게 다 말해야 한다면, 그것은 사랑을 넘어 집착으로 치달을 수밖에 없다.

사랑하는 사람과 나 사이의 어쩔 수 없는 갭을 인정하지 못한다면, 우리는 상대방을 내 눈에 비친 너로만 바라보게 된다. 즉 상대방에게는 내 눈에 비치고 해석되는 그 사람뿐 아니라, 내가 나의 잣대로 해석할 수 없는 낯선 사람의 모습, 내 이해의 폭으로는 감당할 수 없는 또 하나의 타인이 존재하고 있다는 사실을 놓쳐버리는 것이다.

당신과 나 사이에는 그 어떤 노력으로도 건널 수 없는 간극이 존재한다는 것을 깨닫는 건, 결코 사랑의 포기가 아니다. 그와의 거리감을 존중하는 건 사랑하는 사람에게도 '내가 어떻게 할 수 없는 부분'이 있다는 것을 받아들이는 성숙한 내적 자각이다. 거리를 존중할 때, 더 크고 깊은 사랑이 시작된다.

부모와 자식 사이에도 서로의 자율성을 인정해주는 적절한 거리감이 필요하다. 자식이 부모에게 거리를 두려 할 때, 섭섭하게 생각하지만 말고, '이 거리감이 아이를 진정으로 성숙하게 만드는 것이 아닐까' 하고 질문을 던져보자.

처음으로 부모님에게서 독립해 원룸을 얻었을 때, 엄마는 당당히 집 비밀번호를 요구했다. 나는 그때 정색을 하고 어렵게 입을 떼야 했다. "엄마, 그건 진짜 독립이 아니잖아. 엄마가 집 비밀번호를 알게 되면, 엄마는 시도 때도 없이 여기에 올 거고, 그러면 엄마는 청소를 해주거나 빨래를 해준다는 명목으로 나를 계속 통제하는 거잖아." 엄마는 그때 '자식 애지중지 키워봤자 아무 소용없다'는 논지로 한바탕 한풀이를 하며 엄청나게 화를 내시곤, 다시는 안 볼 것처럼 휙 돌아 나갔다.

엄마는 내가 그럴 때 정말 정 떨어진다는 느낌을 받았지만, 나는 엄마를 더 오래 사랑하기 위해 그 거리감을 필요로 했다. 우리 사이에 존재하기 시작한 그 낯선 거리감은 처음으로 엄마를 향한 아름다운 거리감을 만들었다. 나는 태어나서 처음으로 엄마가 그리웠고, 잃어버린 엄마의 손길이 너무도 달콤한 유혹처럼 느껴졌다. 하지만 엄마가 싫어서가 아니라 독립을 위해서는 반드시 모든 것을 내 손으로 해결해야 함을 엄마에게도, 나에게도 이해시킬 만한 마음의 거리감이 절실했다.

내가 엄마로부터 진정으로 독립하기 위해서는 시간적 거리와 공간적 거리는 물론 마음의 거리가 필요했다. 그 뼈아픈 거리감은 결국 부모로부터의 독립뿐 아니라, 부모를 향한 더 성숙한 사랑을 시작하게 만든 제2의 사춘기를 선사했고, 내면의 독립선언을 가능하게 해주었다.

갭은 가끔 차갑고 정 떨어지는 느낌을 주기도 하지만, 상대와 나 사이의 거리감을 인정한다는 것은 결국 그와 나의 다름을 존중하고 배려한다는 의미이기도 하다. 상대방뿐 아니라 나 자신도 가끔 거리를 두고 바라봐야 제대로 보인다. 때로는 그 쓰라린 거리감 속에서, 그 거리감에도 불구하고, 상대와 나 자신을 더 깊이 사랑하는 마음의 오솔길이 보이기 시작한다.

아이의 마음에 상처를 입히는 교사의 말

내가 트라우마를 소유한 것이 아니라 트라우마가 나를 소유한다는 말이 있다. 트라우마의 본질은 통제 불가능성이기 때문이다. 마음의 상처를 완전히 치유하기 어려운 이유도 바로 이 때문이다. 어린 시절 트라우마를 이제 다 잊은 줄 알았는데, 나와 비슷한 상처를 앓고 있는 다른 사람을 보면 트라우마가 재활성화된다. '이제 난 괜찮아, 트라우마는 날 괴롭힐 수 없어'라고 생각하다가도, 어느 날 문득 과거의 안타까운 기억이 나를 속박하고 있음을 발견할 때도 있다.

예컨대 초등학교 시절 왕따를 당한 경험은 오랫동안 내 인생을 지배했다. 아무에게도 말하지 않으면 일어나지 않은 일처럼 말끔히 삭제될지도 모른다는 헛된 기대도 무너져버렸다. 어릴 때는 몰랐다. 트라우마라는 단어도, 트라우마가 삶을 파괴할 수도 있다는 것도, 트라우마 때문에 성격 자체가 바뀌어버릴 수 있다는 것도. 그리고 마침내 트라우마를 이겨낼 힘이 내 안의 용기에서 우러나온다는 것도.

내 삶의 한가운데 영원한 트라우마의 기억으로 남았던 말들, 그러나 내가 끝내 이겨낸 타인의 말은 바로 초등학교 시절 담임선생님의 질책이었다. 과학 실험실에서 50명이 넘는 아이들이 교사의 지도에 따라 일사불란하게 실험을 하고 있었는데, 내가 너무 긴장한 나머지 비커를 깨고 말았다. 그전에도 담임선생님이 나를 싫어한다는 생각 때문에 여러 번 주눅이 든 나는, 깨진 비커 앞에서 사시나무 떨듯 바들바들 몸을 떨었다.

선생님이 왜 날 싫어했는지는 아직도 모른다. 하지만 비커가 깨지자마자 선생님은 무시무시한 눈빛으로 나를 노려보며, 50명이 넘는 아이들 앞에서 나에게 세 글자의 날카로운 비수를 꽂았다. "또 너니?" 나는 순간 내 귀를 의심했다. 내가 그전에도 뭔가를 깨거나 엎은 적이 있었나. 생각이 나지 않았다. 선생님은 오래전부터 내 실수를 찾아내기 위해 혈안이 된 사람 같았다. 아이들도 모두 겁을 먹어 아무도 날 도와주지 않았다. 나는 쥐 죽은 듯 고요한 교실에서 선생님의 멸시 어린 시선을 받으며, 깨진 비커 조각을 하나하나 주워 담았다. 그 시간이 마치 영원처럼 길게 느껴졌다. 얼굴은 빨개지고, 등에서는 식은땀이 났다. 눈물조차 흘릴 여유가 없었다.

그 선생님께 여러 번 얻어맞고, 얼음장처럼 차갑게 노려보는 선생님의 시선에 몸이 얼어붙어버릴 것만 같았던 기억들은 아직도 아프다. 학교에 가기 싫었고, 아침에 일어나기가 싫었고, 무엇보다 아무에게도 그 고통을 말할 수 없는 것이 더욱 슬펐다. 선생님이 먼저 나서서 나를 왕따로 만들어버리니 아이들도 함께 나를 왕따로 몰아버린 것이다. 왕따라는 단어조차 존재하지 않았던 시절이었는데, 나는 나중에 왕따가 사회문제가 된 이후로 내가 당한 것이 왕따라는 것을 알게 되었다.

그때 가장 두려웠던 것은 '영원히 친구가 생기지 않으면 어떡하지?' 하는 미래에 대한 불안이었다. '지금처럼 아무에게도 내 아픔을 말할 수 없다면, 나는 과연 제대로 살아갈 수 있을까' 하는 불안을, 그 어린 나이에 느꼈다. 그런데 나중에 생각해보니, 나를 그 공포로부터 조금이나마 구해준 건 '나 자신의 용기'였다.

나는 선생님께 편지를 보냈다. 무슨 용기가 어떻게 샘솟았는지 모르겠지만, 편지로 간절하게 물었다. "선생님, 왜 저를 미워하세요? 저를 왜 미워하시는지 정말 모르겠어요." 아주 길게 썼지만, 지금은 이 문장만 기억이 난다. 하지만 그 편지 이후로 상황이 조금은 나아졌다. 선생님은 나를 대놓고 따돌리지 않았다. 나를 투명인간처럼 대하며 피했다. 그것만으로도 도움이 됐다. 사랑을 기대할 순 없지만, 또 다른 적극적인 폭력으로부터는 나를 구할 수 있었다. "또 너니?"처럼 비수를 꽂는 말이 아니라 "괜찮니?" 같은 위로의 말이었다면, 나는 내 인생 전체를 또 왕따를 당할지 모른다는 두려움에 저당 잡히지 않아도 됐을 텐데. 트라우마의 무서운 점은 그 이전과 그 이후의 삶이 완전히 달라진다는 것이다. 내 인생은 "또 너니?" 이전과 이후로 나뉜다. 그 이후로 나는 나를 '사랑받을 가치가 없는 아이' '항상 혼자인 아이'로 낙인찍어버렸던 것이다.

그때 나에게 글쓰기의 힘이 없었더라면 나는 어떻게 됐을까. 더 오래 아파하고, 더 오래 주눅 들고, 마침내 내가 나아질 수 있다는 희망을 버렸을지도 모른다. 나는 이제 나의 쓰라린 내면아이에게 다정한 말을 걸기 시작했다.

그때 너무 커다란 상처를 받아 영원히 친구가 없을 거라는 공포에 사로잡힌 열한 살의 나, 나의 가장 아픈 내면아이에게, 성인이 된 나는 이렇게 말해주었다. '걱정하지 마. 너는 나중에 주체할 수 없을 정도로 많은 친구 때문에 너무도 행복한 사람이 될 거야. 언젠가는 네 안의 빛을 알아줄 사람이 꼭 생길 거야. 너는 상처를 반드시 이겨내고, 다른 사람의 아픔까지 어루만져 줄 수 있는 따스한 마음을 지닌 어른이 될 거야.'

나는 그렇게 오늘도 나의 내면아이와 대화를 나눈다. '너는 이겨낼 수 있어. 너는 더 나은 존재가 될 수 있어. 그리고 너는 결코 혼자가 아니야.' 참기 힘든 고통의 순간, 나를 견디게 해줬던 것은 내 삶을 바꿀 용기가 내 안에 있다는 눈부신 발견이었다.

그림자 노동의 물결이 밀려온다

시외버스 맨 앞자리에 앉은 어느 날, 기사님의 전화 통화를 본의 아니게 듣게 됐다. "그것도 빨리빨리 못 해줘? 당신이 집에서 하는 일이 뭐가 있어! 집에서 애 키우는 게 일이야?" 기사님 목소리가 워낙 커서 승객들도 어쩔 수 없이 그 사연을 다 들어야 했다. 기사님은 '당신은 집에서 살림하고, 나는 밖에서 힘들게 돈을 벌고 있으니, 집에서 놀고 있는 당신이 나를 위해 모든 것을 맞춰줘야 한다'는 주장을 펼치면서, 수화기 저편의 아내를 코너로 몰아세우고 있었다.

집에서 살림하고 애 키우는 것은 과연 '일'이 아닐까. 사실 맞벌이 부부가 급증하면서, 여성들은 이중삼중의 부담에 시달리게 되었다. 전업주부들은 '돈벌이가 없다'는 이유로 하루 종일 육아와 살림에 치이면서도 재취업 걱정에 가슴앓이를 하고, 직장에서 일하는 엄마들은 '아이에게 올인하지 못한다'는 이유로 자신을 다그치고 퇴근하자마자 밀린 살림살이와 아이들 뒤치다꺼리에 시달린다. 바로 이런 '대가 없는 노동'이 그림자 노동이다.

그림자 노동은 살림과 육아에만 그치는 것이 아니다. 임금을 받지도 못하고, 눈에 띄지도 않는 그림자 노동 덕분에 이 사회가 오늘도 묵묵히 돌아가고 있다는 점을 우리는 자주 잊는다. 셀프 주유, 스팸메일을 일일이 확인하고 지우는 일이나 공인인증서를 설치하는 일, 카페에서 자신이 먹은 잔과 쓰레기를 치우는 셀프서비스, DIY식 가구조립에 이르기까지, 우리가 '소비자'라는 이름으로 혹은 '직원'이라는 이름으로 대가 없이 해내는 모든 일이 그림자 노동이다.

그림자 노동이라는 개념을 주창한 철학자 이반 일리치Ivan Illich는 바로 그 대가 없는 비생산 노동이 현대인의 주체적인 삶을 위협한다고 경고했다. 기술이 발전할수록 오히려 그림자 노동의 가짓수는 늘어나며, 현대인은 보수도 보람도 없는 온갖 잡일의 스트레스에 시달리느라 창조적인 사유를 할 겨를이 없어진다. 그림자 노동은 삶의 질을 떨어뜨리고 자존감을 앗아가지만, 사람들이 그 경계를 명확히 인식하지 못하기에 더욱 교묘하고 위험한 방식으로 진화한다.

크레이그 램버트Craig Lambert는 《그림자 노동의 역습》(민음사, 2016)에서 현대인이 자신도 모르게 행하고 있는 온갖 '보이지 않는 노동'의 사례를 분석한다. 주기적으로 웹사이트의 패스워드를 바꿔줘야 하고, 소프트웨어를 업그레이드해야 하며, 공항에서 고객이 직접 탑승 수속을 밟게 만드는 기술의 발전 이면에는 인건비를 최대한 줄이려는 기업들의 전략이 숨어 있다는 것이다.

런던의 대형 할인마트에서 한 종업원은 내게 '셀프 계산대'에서 계산하는 법을 가르쳐줬다. 그는 장기적으로 자신의 일자리를 없애는 방법을 고객들에게 알려주면서, 그 추가적 노동에 대한 대가는 따로 받지 못하고 있었다. 자동화 시스템이 늘어갈 때마다 일자리는 줄어들고 그림자 노동은 늘어간다. 그림자 노동은 노동의 소외를 가속화시킴으로써 노동의 가치를 더욱 떨어뜨리고 있는 것이다.

혹시 당신은 주부의 가사노동을, 종업원들의 온갖 허드렛일을, 그리고 자기 자신이 맡아야 할 온갖 비생산적 잡무들을 '일 같지도 않은 일'이라고 무시한 적이 있는가. 바로 그 무시와 편견이 그림자 노동에 드리운 차별과 억압을 더욱 공고화하는 것이다. 계산되지 않는 노동의 가치를 알아주는 사람, 돈으로 환산할 수 없는 노동의 영역까지 인정해주고 존중해주는 사람이야말로 우리 사회가 필요로 하는 인재이자 진정한 리더가 아닐까.

이반 일리치는 《그림자 노동》(사월의책, 2015)에서 바로 이 대가 없는 노동이 우리 삶을 더 복잡하고 교묘하게 불능화하고 있다고 지적했다. 그림자 노동의 가장 심각한 폐해는 우리의 자존감을 빼앗고, '내가 꼭 필요한 사람'이라는 자신감을 앗아감으로써 인간이라는 존재 자체를 은밀하게 무력화시킨다는 것이다.

그림자 노동으로 인해 우리는 시간을 제대로 활용할 수 있는 권리, 창조적으로 사유할 권리, 행복을 추구할 권리를 빼앗기고 있다. 우리는 우리의 소중한 시간을 그림자 노동에 빼앗기지 않을 권리가 있다. 우리에겐 스스로의 삶을 빛내는 가치 있는 노동의 주인이 될 권리가 필요하다. 나아가 그림자 노동의 시간을 줄이고 상처받은 내 마음을 돌보는 마음챙김의 시간이 절실해지는 요즘이다.

행복한 가정에서도 트라우마는 발생한다

나는 사랑이 넘치는 집에서 자랐지만, 세상의 온갖 트라우마를 혼자 다 수집한 사람처럼 온몸이 상처투성이라고 느낄 때가 많았다. 누군가가 기분이 나쁠 때는 '혹시 나 때문이 아닌가?'라는 자책감에 잠을 못 이뤘다. 항상 자존감이 낮아 누구의 칭찬도 나를 진심으로 다독여주지 못했다. 어린 시절에는 1등을 하면 '다음에도 1등을 해야 한다'는 생각에 하루도 쉬지 못했고, 친구들과 놀고 싶다가도 '공부 안 하면 엄마한테 혼날 텐데'라는 두려움에 시달렸기에 놀이의 진정한 즐거움도 알지 못했다. 나를 진심으로 이해해주는 친구가 없다는 생각에, 짙은 외로움을 그림자처럼 달고 다녔다.

끊임없이 더 높은 목표를 향해 달려갔지만, 도저히 끝이 보이지 않았다. 그렇게 '무늬만 엄친딸'이고 속으로는 '난 한 번도 행복한 적이 없었다'는 우울한 자기 인식을 안고 살아가던 나는, 서른 즈음에 융 심리학에 관심을 갖게 됐다. 상처를 치유하는 힘이 분명히 내 안에 있다는 믿음을 선물해준 융 심리학 덕분에, 나는 조금씩 내 안의 빛과 소통을 하기 시작했다.

심리학을 공부하며 비로소 깨닫게 됐다. '내 안에도 빛이, 그것도 온 세상을 비추고도 남을 만한 환한 빛이 있다'는 것을. 그런 내면의 빛은 누구에게나 존재하는데, 우리가 그 빛을 의식화하지 못하고 있을 뿐임을. 나는 누구에게도 속 시원히 털어놓지 못하는 상처투성이 내 마음이 지극히 정상임을 알게 되었다.

행복한 가정 속의 일원으로 보이는 지극히 정상적인 사람들도 실은 밝고 따뜻한 페르소나를 집단적으로 연기하는 경우가 많다. '이게 다 너를 사랑해서 그런 거야'라고 주장하며 자식을 스파르타보다 더 혹독하게 교육하는 부모들, 아내를 착취하는 남편들, 때리지는 않아도 매일 냉담한 언어와 표정으로 서로를 학대하는 가족들. 사람들은 마음 깊은 곳에 서로를 향한 원망과 증오를 숨긴 채, 사랑하는 연기를 하고 있었다.

사랑이 부족해서 상처가 생기는 것이 아니었다. 제대로 사랑하는 법을 몰랐기 때문에 서로에게 돌이킬 수 없는 상처를 입히는 것이었다. 아주 많이 사랑하지만, 아주 깊이 서로를 미워하는 복잡한 애증의 관계는 이렇게 우리 가슴 속에 깊은 트라우마의 터널을 만든다.

예컨대 보호자가 아이에게 습관적으로 던지는 폭언이나 욕설은 영원히 지워지지 않는 주홍글씨가 되어 아이의 가슴에 박힌다. "도대체 그래 가지고 커서 뭐가 될래?" "넌 그래서 안 돼!" "꼴 좋다!" "너 그럴 줄 알았어!" "이게 다 너 때문이야!" "너 아니었으면 내가 이 모양 이 꼴로 살지 않았어!" 아이에게 과도하게 기대하고 심각하게 실망하는 이 감정의 패턴은, 아이에게 '나는 사랑받을 자격이 없는 사람'이라는 자기 징벌의 사고방식을 각인시킨다. 충분히 사랑받을 수 있는 순간에도 자기를 비하하고, 자기 쪽으로 오고 있는 타인의 사랑조차 있는 그대로 받아들이지 못하게 되는 것이다.

화목한 가정으로 보이는 집에서 자라난 아이들도 트라우마가 있다. 사랑받지 못해서 발생되는 트라우마도 있지만, 사랑을 잘못된 방식으로 표현하여 생기는 트라우마도 있는 것이다. 나는 아주 행복해 보이는 가정에서 사랑받고 자랐지만, 트라우마가 없는 척하는 데 너무 많은 에너지를 낭비해버렸다. 트라우마가 없는 척 말끔하게 위장할 에너지로 트라우마를 고백하고 치유했다면 나는 더 밝고 건강한 어른으로 자라나지 않았을까.

아프면 아프다고 이야기하고, 힘들면 도움의 손길을 내밀 수 있는 건강한 아이로 자라게 하려면, '나는 넘치는 사랑을 받고 있다' '나는 사랑받을 자격이 있는 존재다'라는 뿌리 깊은 믿음을 심어줘야 한다. 더 많이 웃어주고, 더 많이 안아주고, 더 많이 칭찬해주는 부모의 사랑 앞에서 아이는 더 나은 존재가 될 수 있다는 희망을 가지게 된다.

융의 수제자 중 하나였던 마리루이제 폰 프란츠Marie-Louise von Franz 박사는 융 심리학의 핵심을 '에로스의 심리학'이라고 이야기한다. 융은 말했다. 사랑이 있는 곳에는 권력이 없고, 권력이 있는 곳에는 사랑이 없다고. 사랑과 권력을 동시에 추구한다는 것은 사실 불가능하다. 그런 사람은 사실 권력을 추구하는 것이지 사랑을 추구하는 것이 아니다. 자식을 사랑한다면서 자식에게 권력을 행사하는 부모들은 아직 사랑의 진정한 의미를 이해하지 못하는 것이다.

가족 안의 상처를 치유하는 최고의 시작은 바로 미안하다는 말을 먼저 시작하는 것이다. 얼마 전 나는 동생에게 고백했다. 어린 시절, 오직 나만 생각하느라 너를 많이 외롭게 해서 미안하다고, 나는 이렇게 멋진 동생이 있어서 정말로 행복한 사람이라고. 동생이 있다는 게 얼마나 아름다운 건지 가르쳐줘서 고맙다고. 그랬더니 둘째 동생이 볼멘소리로 그런다. "언니, 그 말을 우리 어렸을 때 해줬어야지." 나는 진심으로 더욱 미안해졌다. "언니가 미안해. 그때는 언니가 철이 없고 이기적이었지. 이젠 용서해줄 거지?" 이런 대화를 나누는 동안 우리는 깨달았다. 진심으로 미안하다는 고백으로 인해, 이제 더 깊이 서로를 사랑할 수 있게 되었음을.

마음에 걸리는 일이 있다면, 지금이라도 미안하다고 용기를 내어 고백해야 한다. 우리가 살아 있는 한 미안하다는 말은 아주 커다란 힘을 발휘한다. 미안하다는 말은 절대로 늦는 법이 없다. 아무리 늦게 도착할지라도, 우리 마음이 아직 치유될 수 있는 가능성을 품는 말이므로. 그것이 미안하고, 사랑하고, 아끼고, 소중히 여기는 마음이므로.

우리가 더 나은 삶을 향해 걷는 길을 포기하지 않는다면 미안하다는 말은 아무리 늦게 도착해도 결코 늦지 않다. 우리가 자기 안의 상처를 반드시 치유할 수 있다는 희망을 포기하지 않는다면, 행복해질 수 있는 길은 모든 순간 우리 마음속에 있다. 상처를 다독이고, 내가 당신을 아주 많이 생각하고 걱정하고 있으며, 우리의 삶은 더 나아질 수 있다는 믿음을 담아 속삭여보자. '미안해, 내가 정말 잘못했어. 오늘부터 더 잘할게. 내일은 더 나은 사람이 될게.'

이런 평범한 말들이 지닌 커다란 힘, 이런 사소한 말이 지닌 기적 같은 치유의 힘을 매일 실험할 수 있는 아름다운 장소,

그곳이 우리의 집이 될 수 있기를. 눈치 없고 배려심이 부족한 나 때문에 상처받았을 모든 사람에게 사과하고 싶다. 여전히 미안하고, 그럼에도 불구하고 사랑한다고. 그때보다 더 깊은 미안함과 쑥스러움으로, 당신을 그리워하고 사랑한다고.

비록 당신이 서툴고 상처투성이일지라도

가끔 케케묵은 옛날 영화에서 오늘의 슬픔을 달래는 최고의 무기를 발견한다. 별다른 기대 없이 영화 한 편을 보다가, 내 안의 깊은 고민거리나 골치 아픈 화두와 영화의 한 장면이 부딪혀 번쩍 스파크를 일으키는 순간이다. 〈한여름 밤의 꿈〉(마이클 호프만 감독, 1999)을 보며 시종일관 키득키득 웃음을 터뜨리던 나는 어떤 장면에서 불현듯 눈시울이 뜨거워지고 말았다.

셰익스피어의 원작을 리메이크한 영화는 또 하나의 액자 속 이야기를 첨가하는데, 그것은 서툴기 그지없는 유랑극단이 그리스 신화 〈피라모스와 티스베〉라는 비극적 사랑 이야기를 연극무대에 올리는 것이었다. 극단은 엉망진창이다. 벽을 사이에 두고 금지된 사랑을 나누는 피라모스와 티스베의 안타까운 사랑 이야기를 아주 슬프게 연출해야 하는데, 벽을 표현할 장비가 없어서 신참 배우가 벽 역할을 대신한다. 그의 어색하고 서툰 발연기 때문에 피라모스와 티스베의 안타까운 사랑은 우스꽝스러운 촌극이 돼버리고 만다.

나를 슬프게 만든 건 연출가의 난처한 표정이었다. 배우들이 아무리 혼신의 힘을 다해 연기해도 주변 상황이 받쳐주지 않아 공연이 엉망진창이 돼버리는 과정을 바라보며 연출가는 절망에 빠진다.

바로 옆집에 살면서도 서로 적대시하는 부모님들 때문에 사랑을 이루지 못하는 피라모스와 티스베. 돌벽에 난 작은 균열 사이로 대화를 나누며 애틋한 사랑을 키우던 두 사람은 마침내 사랑의 도피를 결심한다. 약속 장소에서 기다리던 티스베는 사자를 보고 도망치다 베일을 떨어뜨리고, 방금 먹어치운 동물의 피를 입에 잔뜩 묻힌 사자는 티스베의 베일을 찢는다. 이윽고 피 묻은 베일을 발견한 피라모스는 그녀가 죽었다고 생각하며 슬피 울다 자결하고, 사랑하는 연인이 시체로 발견되자 티스베도 그 뒤를 따른다.

이 처절한 비극을 어설픈 시트콤으로 만들어버린 극단 연출가는 금방이라도 울음을 터뜨릴 지경이다. 최근, 지금까지와는 달리 내가 전면에 나서야 하는 새로운 프로젝트를 시작했는데, 지금 내 상황이 바로 그 연출가의 상황과 비슷해서 울

컥하는 감정이 밀려들었다. '과연 이 상황에서 잘해낼 수 있을까' 하는 두려움이 내 맘을 꽉 채워버린 것이다.

이런 생각에 빠져 한창 감정이입을 하고 있는데, 갑자기 여장 배우(샘 록웰)가 놀라운 연기를 펼치기 시작한다. 연인의 시체를 껴안은 티스베는 심장이 말라붙도록 통곡하기 시작한다. 객석은 숙연해진다. 어설프기 그지없던 주인공이 연극의 라스트신이라는 마지막 기회를 최고의 구원투수로 만든 것이다. 관객을 감동시킬 마지막 기회를 놓치지 않은 배우의 열연 때문에, 결국 끝이 좋으면 다 좋아지는 인생의 놀라운 기적이 완성된다.

남들이 어떻게 생각할지는 그에게 중요하지 않았다. 그는 온전히 그 순간의 슬픔에만 집중했고 연기에 너무 몰입해 억지스레 붙인 가발마저 벗어버려 남자임을 숨길 수 없는 지경이 되었지만, 오히려 그 꾸밈없는 모습 때문에 난 울고 말았다. 온 마음을 바쳐 사랑했지만, 이제 다시는 그 웃음소리도 듣지 못하고, 그 따뜻한 뺨도 만져볼 수 없는 죽은 연인을 향한 애절한 그리움, 당신 없는 세상에선 살아갈 의미를 찾지 못하는 여인의 간절함만이 무대를 온전히 장악한다. 오직 그 자리를 세상에서 가장 뜨거운 중심으로 만드는 순수함이 극단을 비웃던 모든 관객을 숨죽이게 만든다.

영화가 끝난 뒤 자문자답해본다. '사람들이 어떻게 생각하는지, 그런 거 말고. 너 자신이 스스로에게 최선을 다했니?' '물론이지!' '그럼 됐지, 뭘 더 바라?' 과연 그렇다. 나는 서툴고 상처 많고 결핍투성이지만 내 일을 사랑한다. 그걸로 되었다.

당신도 그럴 것이다. 지금 당신의 열정을 가장 많이 쏟아붓고 있는 그 일을 진심으로 사랑한다면, 그것만으로도 당신은 행복한 사람이니까. 나는 지금 이 삶을 사랑한다. 이 삶이 비록 서툴고 결핍투성이일지라도.

두려움을 고백하는 용기가 필요한 순간

큰일을 앞두고 있을 때나 난처한 상황이 발생했을 때 느끼는 두려움을 누구에게도 이야기할 수 없다면, 우리는 뼈아픈 외로움을 느끼게 된다.

'나는 두렵다'고 고백하고 싶을 때 우리를 가로막는 마음의 장벽은 무엇일까. 두려움을 말할 수만 있어도 고통은 절반으로 줄어들 텐데. 두려움을 표현하는 것이 곧 '나는 약하다'고 인정하는 것과 같다는 생각, 공포와 불안을 표출하는 것이 자신의 결점을 드러내는 것과 같다고 생각하는 자기검열, 그것이야말로 우리가 두려움뿐 아니라 각종 부정적인 감정을 표현하는 데 서툰 까닭이 아닐까. 하지만 나는 두려움을 고백했을 때 적어도 세 가지 긍정적인 효과를 누릴 수 있다는 사실을 경험으로 알게 됐다.

첫째, '나는 두렵다'고 말하는 순간 '나도 두렵다'고 말하는 친구를 얻게 된다. 가진 것은 젊다는 사실 하나뿐이었으며, 항상 감정의 허기를 느꼈던 20대의 어느 날, 나는 친구에게 고백했다. 여자로 산다는 것, 언젠가 결혼과 출산을 경험해야 할지도 모른다는 것, 어른이 된다는 것, 그 모든 것이 너무도 두렵다고. 행복한 결혼생활을 하는 사람을 실제로 본 적이 없고, 출산을 하고 나서 자신의 꿈을 이루는 사람도 본 적이 없다고. 영화나 드라마에는 있겠지만 내 주변에는 정말 없다고.

그런 고백을 한다는 건 결코 쉽지 않았다. 친구는 나와 달리 매우 낙천적인 성격에다 금수저를 물고 태어난 아이였기 때문에 더욱 어려운 일이었다. 그런데 놀랍게도 친구 또한 내가 느끼는 불안을 항상 느끼고 있었다. 나는 그날 겉으로는 명랑하고 유복해 보였던 친구가 마음속으로는 수많은 공포와 불안을 숨긴 채 살아왔다는 것을 처음으로 알게 됐다. 그날부터 우리는 비슷한 두려움을 공유함으로써 더 따뜻하고 깊은 우정을 나눌 수 있었다.

둘째, 마음을 짓누르는 두려움을 차라리 고백함으로써 관계의 갈등을 해소시킬 수 있다. 엄마와 나의 관계가 바로 그런 사례다. 우리는 함께 살았던 20여 년간 거의 매일 싸우다시피 했다. 갈등의 뿌리는 나의 이상적인 성향과 엄마의 현실적인 성향의 극한 대립이었다.

나는 막연히 그러나 절실하게 글을 쓰고 싶어 했고, 엄마는 뜬구름 잡는 불안한 일에 큰딸의 미래가 저당 잡히는 게 싫었다. 내가 대학 졸업반이 되었을 때, 엄마는 마치 선전포고를 하듯 비장하게 털어놓으셨다. "나는 평생 누군가에게 져본 일이 없다. 나는 반드시 이겨야만 견딜 수 있다. 그러니까 너도 나에게 지는 척이라도 해줘라."

엄청난 충격이었지만 엄마의 안쓰러운 고백은 시간이 지날수록 어린 딸의 흥분과 혈기를 가라앉히는 효과가 있었다. 그후로 우리는 '나의 져주는 척'과 '엄마의 이긴 척하기'로 뜻밖의 평화를 찾을 수 있었다. 딸에게조차 져주기 싫어하는 엄마의 맹렬한 두려움을 이해하려는 노력이 나에게는 오히려 엄마에 대한 애정을 회복하는 기회가 된 것이다.

셋째, 두려움을 고백하는 것은 약자의 자기 위안이 아니라 커다란 용기를 필요로 하는 일이다. 작가 귄터 그라스Günter Grass는 자서전《양파 껍질을 벗기며》(민음사, 2015)에서 자신이 한때 나치에 부역했음을 고백해 엄청난 논란을 불러일으켰다. 노벨문학상 수상작가일 뿐 아니라 전 세계에 자신의 작품이 번역된 상황에서 한때 나치의 일원이었음을 고백하는 게 얼마나 어려운 일이었을까. 하지만 뼈아픈 고백이 담긴 자서전에는 그의 어떤 작품보다도 뜨거운 감동과 빛나는 지성이 담겨 있다.

우리 사회에서 '진정으로 마음 깊숙이 사과하는, 높은 사람들'을 보는 일이 하늘에 별 따기인 이유는 무엇일까. '사과할 수 있는 용기'를 가르치기보다는 '사과할 필요가 없는 더 높은 자리에 올라가라'고 가르치기 때문은 아닐까. 사과할 필요조차 없는 높은 자리란 세상에 없다. 모든 잘못이 용서되는 대단한 자리가 있는 것이 아니라, 모든 잘못이 스리슬쩍 은폐되는 더러운 권력이 있을 뿐이다.

두려움을 고백하는 일, 자신의 과오를 고백하는 일은 잘못된 과거와 단절하고 다시는 그런 일을 되풀이하지 않기 위해 필요한 최고의 지성을 갖춘 이에게만 허락되는 눈부신 축복이다.

고통을 마주하는
인간의 위대함

매년 빈센트 반 고흐Vincent van Gogh의 삶의 흔적을 따라 여행을 떠난다는 소식을 들은 한 지인은 이렇게 면박을 주었다. "고흐처럼 죽어서 유명해지면 뭐해? 살아서 잘 먹고 잘 살아야지!"

나는 불에 덴 듯 화들짝 놀라 어안이 벙벙해졌다. 그때는 빈센트를 향한 내 열정이 폄하당하는 것, 고흐의 삶이 그런 세속적인 관점으로 재단되는 것이 싫어 그와의 대화를 포기했다. 그는 '고흐를 사랑하는 나'와 '고흐의 인생'을 싸잡아 비난했고, 나는 분노 때문에 침묵을 선택했으며, 다시는 그를 만나지 않았다.

지금 다시 그를 만날 수 있다면 그때처럼 포기하지 않고 차근차근 이야기하고 싶다. 인간의 위대함은 그런 것이 아니라고. 큰돈을 벌지 못해도, 고흐처럼 동생에게 물감 살 돈을 보내달라며 애끓는 편지를 쓰는 한이 있어도, 참혹한 고통 속에서 죽는 날까지 결코 포기할 수 없는 이상을 향해 전진하는 것이 인간의 위대함이라고.

고흐의 작품은 단지 한 인간의 탁월함을 보여주는 사례에 그치지 않는다. 고흐의 작품은 극한의 고통 속에서 생의 의미를 찾는다는 것이 삶을 지탱하는 데 얼마나 중요한 역할을 하는지 보여주는 심리학적 증거다.

그는 살아 있을 때 돈이나 인기를 얻지는 못했지만, 예술에서 삶의 의미를 찾았다. 아무리 보상이 적어도 의미가 있다면 인간은 견뎌낼 수 있다. 나는 인간의 무의식 속에 아직 실현되지 않은 무한한 잠재력이 있다고 본다. 때로는 가혹한 환경 때문에, 때로는 자기 안의 콤플렉스 때문에 실현되지 못한 그 잠재력 중에는, 스스로의 치명적인 상처를 치유할 수 있는 힘도 있고, 누구도 해내지 못한 어려운 과업을 완수하는 재능도 있으며, 생존과 실용을 뛰어넘어 예술과 학문 그 자체를 추구할 에너지도 포함되어 있다.

나는 인간을 지금보다 더 위대한 존재로 만들기 위한 마음의 프로그램, 그것이 심리학이 되어야 한다고 믿는다. 상처로부터 끊임없이 도망치며, 상처를 핑계 삼아 책임감 있는 삶을 거부하는 사람이 되지 않기 위하여, 우리는 더 깊이 인간의 의식과 무의식을 탐구해야 한다.

현대인은 위대하고 고결한 가치가 짓밟힐 위험에 처한 사회에 살고 있다. 미디어에서는 수백억에서 수십조 단위로 위자료를 주고받는 유명인들의 이혼 기사가 뜨고, 연예인들의 자녀를 TV에 출연시켜 대를 이어 스타로 만들어주는 예능 프로그램이 범람한다. 그 속에서 사람들은 유명해지기와 부자 되기야말로 지상 최고의 가치가 되는 상황을 목격한다. 이것은 인간의 위대성이나 잠재력이 아니다. 오히려 인간의 위대성과 잠재력을 매스미디어와 자본의 힘으로 질식시켜 미디어 친화적 인간으로 획일화하는 것이다.

유관순의 삶을 그린 영화 〈항거〉(조민호 감독, 2019)에서 나는 모든 희망이 닫힌 세상에서도 인간은 결코 굴복하지 않을 수 있다는 사실을 새삼 깨달았다. 내게 하나뿐인 목숨을 내가 원하는 곳에 쓰고 죽는 것, 이런 절실함이 인간의 위대함이다. 말로 다 표현할 수 없는 끔찍한 고문을 겪고 부모의 참혹한 죽음을 어린 나이에 목격한 유관순의 위대한 한 걸음, 그것은 세상이 중요하다고 생각하는 것들과의 완벽한 거리감, 나에게 소중한 것을 그 누구의 눈치도 보지 않고 추구해가는 인간의 절절한 의지였다.

나치의 강제수용소에서 비참한 생활을 견뎌내고 뛰어난 학자가 된 오스트리아 심리학자 빅터 프랭클은 《의미를 향한 소리없는 절규》(청아출판사, 2005)에서 실제로 보이는 자신의 모습보다 더 높은 가치를 찾는 일의 중요성을 강조한다. 그는 강제수용소의 끔찍한 인권 유린 속에서도 '내 안의 위대한 또 다른 나'에 대한 믿음을 버리지 않았다.

우리가 생각하는 것보다 훨씬 더 소중하고 위대한 존재가 될 수 있다고 믿는 삶과 그렇지 않은 삶 사이에는 얼마나 커다란 차이가 있겠는가. 그 어떤 무시무시한 장애물도, 지금보다 더 높은 곳을 향하여 인생을 걸고 한 걸음 더 나아가려는 인간의 의지를 가로막을 수는 없다.

나는 살아 있는 한 우리 안의 숨겨진 위대함을 찾기 위한 글쓰기 여정을 계속할 것이다. 나는 나보다 더 높은 것을 향해 끊임없이 전진하는 인간의 아름다움을 믿는다.

영원한 결핍,
더 나은 삶을 향한 목마름

'이제 좀 쉬어야 해'라는 생각이 들 때도, 다 잊고 휴가나 떠나자고 결심할 때도, 몸이 쉴 때조차 마음만은 쉴 수 없는 이유는 무엇일까. 더 나은 존재가 돼야 한다는 끝없는 갈망, 혹시 이렇게 쉬고 있을 때 정말 중요한 무언가를 놓치지 않을까 하는 조바심, 인생이 예상보다 훨씬 짧을지도 모른다는 초조함. 연말만 되면 그런 결핍과 목마름이 '올해도 왜 이것밖에 이루지 못했을까' 하는 안타까움으로 우리를 이끈다.

이런 감정이 마음을 할퀼 때, 나는 음악의 피신처로 도피한다. 언어로 사유하고 언어로 욕망하는 인간에게 음악만큼 완벽한 피난처가 없는 것 같다. 언어는 가끔 사심 없이 아름다울 때도 있지만 끊임없이 욕망과 결핍을 자극하는 폭주장치가 되기도 한다. 우리를 잠시 언어의 감옥에서 탈출시켜, 선율과 리듬이 인도하는 무한한 감성의 세계로 이끄는 음악이야말로 언제 들어도 질리지 않는 명곡이 된다.

현악사중주나 교향곡은 오직 멜로디와 리듬만으로 자연스레 언어로부터의 탈출을 이끌어주지만, 가사가 있는 음악임에도 무한한 엑스터시의 세계로 이끌어주는 음악도 있다. 예컨대 퀸의 명곡들이 그렇다. 영화 〈보헤미안 랩소디〉(브라이언 싱어 감독, 2018)를 본 뒤, 학창 시절 테이프가 늘어지고 CD가 튀도록 듣고 또 들었던, 입시지옥의 고통과 성장의 아픔으로부터 내 영혼을 지켜줬던 퀸의 명곡들을 완전히 새로운 곡처럼 듣게 됐다. 프레디 머큐리의 음악은 가슴이 뻥 뚫리도록 솔직하고 시적인 가사와 에너지 넘치고 극적인 연주가 완벽히 어우러짐으로써, 장조일 때도 한없이 슬프고 단조일 때도 한없이 희망적인, 슬프도록 아름다운 음악의 역설을 일구어낸다.

나는 사랑을 한 번도 해본 적 없던 단발머리 여중생 시절 〈러브 오브 마이 라이프Love of My Life〉를 들으며 사랑의 설렘과 절망을 온전히 이해했으며, 〈돈트 스탑 미 나우Don't Stop Me Now〉를 들으며 그 누구도 말릴 수 없는 열정의 날카로운 본질을 이해했다. 퀸의 음악에는 삶에 대한 사랑, 사람에 대한 사랑, 세상에 대한 무한한 사랑이 꿈틀댄다. 퀸의 음악을 듣고 있으면 더 나은 존재가 되려는 지나친 욕심이 씻겨나가고 오직 사랑하는 존재로서 내 삶을 가꿔야겠다는 든든한 결심이,

불안에 휩싸인 영혼을 달래준다.

암 투병을 하면서도 생의 마지막까지 글쓰기를 멈추지 않았던 철학자 김진영의 유작《아침의 피아노》(한겨레출판, 2018)에는 이런 장면이 있다. 그동안 자신을 괴롭히던 모든 시끄러운 일상들이 사라지고, 눈앞에 오직 사랑의 대상들만이 남았다고. 복잡하고 시끄러운 일상들을 치워버리자, 이제 세상이 딱 두 가지로 보이더란다. '사랑의 대상들'과 '시끄럽고 무의미한 소음들의 대상들'로.

이 장면을 떠올리면서 세상에서 가장 따스한 비수가 내 심장에 꽂히는 듯한 행복한 고통을 느꼈다. 그렇다. 이 세상은 내가 사랑을 쏟아야 할 대상들과 소란하고 무의미한 소음들의 대상들로 나뉘어 있다. 나는 오직 사랑의 대상에만 완전히 집중해야 한다. 더욱 맹렬하게, 사랑해야 할 대상들을 향해 온 힘을 집중해서 나를 쓸데없는 집착으로부터 해방시켜야 한다. 이 깨달음 하나만으로도 남은 생의 고통을 온전히 견디어 나아갈 수 있으리라는 용기가 샘솟는다.

죽음을 앞둔 철학자는 울고불고 하지 말자고, 슬픔에 쏟아부을 시간이 없다고, 오직 사랑할 시간이라고 속삭인다. 우리가 있는 힘껏, 저마다의 삶을 더 많이 토닥이고, 쓰다듬고, 마침내 포옹할 수 있기를 바란다.

'올해도 이렇게 가버리는구나'라는 생각 때문에 힘들어하는 당신에게, 철학자 김진영의 아름다운 문장을 선물한다. "나는 나를 꼭 안아준다. 괜찮아, 괜찮아…." 사랑할 대상만 있다면, 사랑할 수 있는 일과 사랑할 수 있는 삶이 있는 한, 우리는 아직 괜찮으니까. 여전히 불완전하고 불안하며 슬픔에 빠진 나를 세상에서 가장 따스하게, 온 힘을 다해 힘껏 껴안아주고 싶은 오늘이다.

2.

당신이 인정하고 싶지 않은 당신까지도

상처를 삭제할 수는 없지만
상처를 바라보는 나의 프레임을 바꾸는 것
그것이 진정한 치유의 시작이다

심리를 분석하는
언어의 빛과 그림자

심리학 용어의 과다 복용은 때론 뜻하지 않은 부작용을 낳는다. "그 사람은 콤플렉스가 심해서 툭하면 남을 질투하더라고." "네가 늘 신경질을 부리는 건 다 자존감이 낮아서야." "나는 대인기피증이라 사람 만나는 게 정말 힘들어." "그는 애정결핍이라 끊임없이 자기를 더 많이 사랑해줄 사람을 찾는 거야." "나 우울증인가 봐. 매사에 의욕이 없고 식욕도 없어." 이런 심리학적 원인 분석은 저마다 날카롭고 설득력도 있다. 하지만 어떤 해결책도 없이 모든 문제의 원인을 콤플렉스나 트라우마 탓으로 돌리는 것은 모든 사람을 환자로 만들어버리는 심각한 부작용을 낳는 게 아닐까. 우리는 모두 저마다의 문제를 안고 살아간다. 그것이 모두 우울증이나 콤플렉스로 환원되는 건 아니다. 증상은 곧 질병이라는 확증이 아니다.

크고 작은 문제를 잔뜩 짊어지고도 우리는 매우 건강하고 행복하게 살아갈 수 있다. 문제가 많다는 것은 내가 감당하고 이겨내고 싸워내야 할 기회가 많다는 뜻이기도 하다. 과도하게 심리학 용어로 우리 삶을 해석하는 것은 문제를 해결하기보다는 작은 문제를 큰 문제로 고착화해버리는 엉뚱한 결과를 낳을 수도 있다. 요컨대 정신적으로 문제가 있다고 해서 모두가 심각한 환자는 아니라는 것이다. 그런 일방적인 분석과 해석은 우리를 상처로부터 더욱 멀리 도망치게 만든다. 그런 말들은 때로는 우리로 하여금 상처 뒤에 숨어 진짜 해야 할 일들을 미루게 만든다.

수업 중에 어떤 학생이 말도 없이 30분이나 사라졌다가 천연덕스럽게 다시 나타난 적이 있었다. 내가 물었다. "수업 중에 어디 갔다 오는 거예요?" 그랬더니 학생은 마치 당연하다는 듯이 이렇게 말했다. "제가 트라우마가 좀 있어서요. 조용히 산책하면서 트라우마에 대해 생각할 시간이 필요했어요." 오, 이러려고 내가 트라우마의 심각성을 가르쳤던 것은 아닌데. 트라우마를 극복하는 치유의 에너지를 알려주기 위해 수업을 했지만, 가끔 이런 부작용이 생긴다. 트라우마를 자신의 게으름이나 실수를 해명하기 위한 방편으로 사용한다면, 트라우마가 있다는 사실 자체를 자신의 잘못된 행동에 대한 변명의 기회로 삼으려 한다면, 우리는 트라우마로부터 아무것도 배우고 있지 못한 것이다.

말을 더듬는 증상으로 끙끙 앓던 사람이 훌륭한 연설가가 되기도 하고, 심하게 수줍음을 타던 사람이 위대한 배우가 되기도 한다. 부모에게 학대받은 사람이 사랑과 지혜가 넘치는 훌륭한 부모가 되기도 한다. 심리학이 우리에게 정말 도움을 주려면 '당신은 이러저러한 콤플렉스와 트라우마가 있습니다' '당신은 어린 시절에 문제가 있군요'라고 진단하고 분석하는 것에 그쳐서는 안 된다. 상처로부터 무언가를 배울 수 있는 힘과 트라우마와 용감하게 대면해 마침내 트라우마의 공포로부터 벗어날 수 있는 용기를 줘야 한다.

심리학은 만능해결사가 아니라 우리의 문제를 비춰보는 유용한 프리즘으로 작용해야 한다. 심리학적 분석에 매번 휘둘리기보다는 심리학을 통해 자신의 문제를 해결할 수 있는 구체적인 힌트를 얻으면 된다. 상처 자체는 그 사람을 빛내지 못한다. 상처를 뛰어넘으려 불굴의 노력을 쏟아부을 때 눈부신 용기와 고결함의 가치가 빛을 발한다.

트라우마 이후의 성장Post-traumatic growth이란, 트라우마로 인해 좌절하거나 포기하지 않고, 오히려 트라우마 이후에 더 나은 사람, 더 성숙한 사람이 되는 것을 가리킨다. 테러나 재난 이후에 삶의 소중함을 더욱 절실히 깨닫고 타인을 돕는 일의 소중함에 눈을 뜨는 사람들, 상처를 입고 나서 오히려 자신의 무한한 가능성에 대한 깊은 깨달음을 얻는 사람들이 트라우마 이후의 성장을 경험한다.

트라우마는 도피처가 아니다. 트라우마라는 마음의 요새 뒤에 숨어 진짜 해야 할 일을 미룬다면, 그건 트라우마보다 더 무서운 자기방임일 수도 있다. 우리는 결코 포기하지 않고 자신과의 대화를, 세상과의 소통을 멈추지 말아야 한다. 상처로부터 숨지 않고, 상처와 정면으로 맞서고, 마침내 상처조차 내 삶의 소중한 일부로 만들어 마침내 그림자와 춤을 출 수 있을 때까지.

트라우마가 빛을 발할 때는 오직 우리가 트라우마로부터 치유되려는 최선의 노력을 기울이는 순간들이다.

페르소나,
가면의 인격을 품어 안는 길

심리학을 공부하며 가장 매력적으로 다가온 용어는 '페르소나'와 '그림자'였다. 페르소나는 겉으로 드러나는 성격이기에 얼마든지 연기하고 치장할 수 있다. 친절을 가장할 수도 있고, 슬프지 않은 척 연기를 할 수도 있다. 하지만 그림자는 우리 안의 아픈 상처들이 쌓여 이루는 내면의 어두운 부분이기에 연기가 불가능하다. 마치 내장 속 불수의근involuntary muscle처럼, 우리가 바꿀 수 없는 심리적 상처이기도 하다.

우리가 숨기고 싶은 모든 불쾌한 감정은 내면의 그림자로 가라앉는다. 에고와 그림자의 관계는, 마치 빛과 그림자의 관계와 닮아서, 에고가 뛰어난 연기를 펼칠 때마다 그림자는 더욱 짙어지고 어두워진다. 쾌활한 척 행동할 때마다 '아, 난 원래 이런 사람이 아닌데'라는 후회의 그림자가 쌓인다. 트라우마를 잊은 척 아무렇지 않게 행동할수록 내면에 드리워진 짙은 슬픔의 그림자는 더욱 두텁게 무의식의 퇴적층에 쌓이게 된다.

융 심리학은 그림자의 제거가 아니라 그림자와의 화해를 제안한다. 콤플렉스와 트라우마까지 마침내 사랑할 수 있을 때, 그림자조차 진정한 나의 일부로 껴안을 때, 진정한 개성화는 시작된다. 그런데 페르소나와 그림자, 그리고 에고(의식적인 자아)와 셀프(내면적인 자기)와의 관계를 공부하면서, 책으론 해결되지 않는 궁금증이 있었다. 과연 페르소나는 가식적이고 그림자는 솔직한 것인가. 페르소나는 훌륭한 연기자이기만 한 걸까. 에고는 의식적이고 외면적인 협상가이기만 한 것일까. 페르소나 또한 어느 정도 나다움을 간직하고 있고, 에고 또한 마그마처럼 뚫고 나와 바깥으로 표현되는 때가 있지 않은가. 게다가 그 그림자와의 화해라는 것이 요원하게 느껴졌다. 어떻게 내 자신의 부정적인 측면, 나조차 인정하고 싶지 않은 내 안의 어둠을 포용하고 화해할 수가 있을까.

이런 고민을 하던 중 독자의 편지를 받게 됐다. 얼마 전 서울국제도서전에서 〈종이책과 전자책, 오디오북의 창조적 공존〉이라는 주제로 강연을 하던 도중, 책을 통해 우리가 흡수하는 것은 지식만이 아니라, 감성과 분위기, 마음과 마음의 교감 같은 이성을 뛰어넘는 것들이라는 이야기를 했다. 어떤 독자가 내 강의 중 가장 인상적인 문장을 받아 적어 그것을 나에게 엽서로 보내줬다. "어쩌면 저에게는 (이성보다는) 감성이 전부일지도 몰라요." 화들짝 놀랐다. 내가 지나가듯 읊조린 문장이 누군가에겐 가장 중요한 문장으로 기억된 것이다.

'넌 지나치게 감성적이야'라는 타인의 지적이 오랜 트라우마였는데, 독자는 그 어두운 그림자조차 아껴준 것이다. 나에게는 트라우마였던 것이 타인에게는 껴안아줘야 할 소중한 그림자가 되니, 비로소 내 안의 상처가 치유되는 느낌이었다. 나는 그렇게 나도 모르게 내 그림자와 화해하고 있었던 것이다.

나는 더 이상 나의 감성적인 측면을 증오하지 않는다. 이제는 안다. 많은 것을 느끼고 감동하고 슬퍼하는 것은, 콤플렉스가 아니라 삶을 더 풍요롭게 살 수 있는 재능이기도 하다는 것을. 우리는 평생에 걸쳐 진정한 자기를 찾기 위한 노력을 포기해서는 안 된다. 심리학자 융은 진정한 자기가 되기 위한 과정을 '개성화'라고 했고, 《커버링》(민음사, 2017)을 쓴 켄지 요시노Kenji Yoshino는 '진정성 과업'이라고 설명한다.

이제 내 가면의 인격, 페르소나를 미워하지 않기로 했다. 페르소나는 내 마음 깊은 곳의 자기Self를 지켜주는 수문장이자 용감한 전사이기도 해서다. 가면을 벗어야만 비로소 진짜 내가 되는 것이 아니라 가면조차 나다운 사람이고 싶다. 모자란 인격을 숨기기 위해 가면을 치장하는 것이 아니라, 가면조차 아름다운 사람, 가면조차 진정한 나 자신인 삶을 살고 싶다.

에고 인플레이션의 시대

바야흐로 에고 인플레이션Ego-inflation의 시대다. 나를 지키는 것이 최고의 지상명령이 된 시대, 모든 것이 나로부터 시작하고 나로 끝나는 시대가 와버렸다. '나를 사랑하라' '나는 소중합니다' '나만의 자존감을 지키세요'라는 상투적인 위로에 더욱 지친다. 자존감의 의미가 과대포장되고, 나의 경계를 넓혀 나 자신의 가능성을 확장하기보다는 내가 손해 보지 않는 선에서 나를 방어하는 일에 급급하게 된다.

현대인은 나라는 단어를 도처에서 남발하고 있는 것 아닐까. 상대방의 생각을 경청하기 전에 이미 '내 주장을 절대로 포기하지 않을 거야' '절대 손해는 안 볼 거야'라는 결심을 하고 나온 듯한 사람들의 이야기를 들을 때마다 에고에 중독된 현대인의 슬픈 자화상을 바라보는 것 같다. 해석보다는 표현을 중시하고, 경청보다는 과시를 중시하는 사회에서는 창조성과 자율성, 공감능력과 연대감이 뿌리를 내리기 어려워서다.

나로부터 시작해 나로 끝나는 사고방식의 문제는 그 '나'라는 표현 뒤에 감춰진 주어가 셀프가 아니라 에고라는 점이다. 에고의 캐치프레이즈는 '나는 세상에서 가장 소중한 존재이니 누구도 내 영역을 침해할 수 없다'로 수렴된다. 셀프의 목소리는 훨씬 복잡하고 풍요로우며 때로는 자기모순적이지만, 그 복잡미묘함 자체가 인간의 본성이다. 나를 괴롭히고, 아프게 하는 사람조차 끝내 사랑하는 일을 멈출 수 없는 것이 셀프의 본성이니까. 오직 사랑이나 신념을 지키기 위해서라면 손해를 보는 일이라도 포기할 수 없는 것이 내면의 자기다.

내면의 자기가 아닌 타인에게 보여주는 자아에 초점을 맞출 때 무의식은 균형을 잃게 된다. 셀프의 완전성을 추구하는 개성화와 에고의 인정 투쟁을 추구하는 사회화가 균형을 이뤄야 하는데, 그 균형을 잃으면 에고 인플레이션으로 치닫게 된다. 에고가 눈에 보이는 행복happiness을 추구한다면, 셀프는 그런 것들로는 설명될 수 없는 존재의 전체성wholeness을 추구한다. 눈에 보이는 행복을 얻지 못해도 마음 깊은 곳에서 우러나오는 가치와 열망을 따르는 것, 온 마음을 다해 사는 것, 그것이 셀프의 지향성이다.

여행이 내게 선물해준 것이 바로 에고로부터의 해방과 셀프의 재발견이다. 아무도 나를 모르는 곳으로 떠나는 여행은 타인의 시선에 비친 내 모습으로부터의 해방을 꿈꾸게 했기 때문이다. 여행은 에고의 방어기제와 페르소나의 연기력을 잠시 접어두고, 셀프의 숨죽인 아우성을 들을 수 있는 최초의 기회가 되어줬다.

나는 여행을 하며 아무도 나를 모르는 곳에서 더 좋은 사람이 되어야 할 의무를 느꼈다. 누구도 날 모르고, 글쟁이의 가장 소중한 무기인 언어조차 잘 통하지 않는 곳에서, 환한 미소만으로 사람들을 기쁘게 해주고, 내 가방에 조용히 쓰레기를 집어넣고, 강남스타일과 손흥민을 예찬하는 외국인들에게 한국에는 아름다운 장소와 사람들이 정말 많다고 친절하게 알려주면서, 나는 누구에게 인정받지 못해도 더 나은 사람, 누구에게나 친절한 이방인이 되기 위해 애쓰는 나를 발견했다.

에고의 단단한 껍질이 바스러져 사라지고, 말캉말캉하고 부드러운 셀프의 천진무구한 모습이 우러나올 때, 진정한 희열, 진짜 내가 되는 기쁨을 느낀다. 개성화는 어려운 것이 아니다. 내 마음 깊은 곳의 나 자신이 가장 기뻐하는 일을 하는 것이 바로 개성화다. 에고조차 평소의 그 두터운 가면을 내려놓고 셀프의 목소리에 귀 기울일 때 우리는 아름다운 개성화의 길 위에 서 있게 된다.

나의 에고도 남들 못지않게 두텁다. 감정노동에 극도로 취약한 나는 너무 자주 어디론가 도망쳐버리고 싶은 충동을 느끼고, 너무 많은 책을 읽고 싶어 하고, 내 삶의 용량을 뛰어넘는 다채로운 욕심과 타인에 대한 질투심으로 괴로워한다. 에고는 자꾸만 새로운 걸 도전해보라고, 이 정도 도전으로는 아직 어림도 없다고 충동질한다.

성질 급하고 욕심 많은 에고가 나를 펌프질할 때, 차분하고 진중한 셀프는 이렇게 속삭인다. 생의 한순간 한순간을 소중히 여기는 사람이 되라고. 아무리 바빠도 타오르는 저녁노을의 아름다움을 느낄 시간을 빼앗기지 말라고. 더 많은 사람에게 인정받기보다는 내가 먼저 더 많은 사람을 이해하고 존중하며 사랑하려는 노력을 멈추지 말라고.

에고와 셀프가 서로를 밀어내지 않고 여유롭게 대화를 나눌 때, 나는 더 강인하고 지혜로운 사람이 된다. 우리의 셀프는 저마다의 아름다운 월든을 필요로 한다. 우리는 그 마음속의 월든을 지켜내야 한다. 아무도 나를 간섭하지 않는 곳에서 비로소 진정한 나 자신이 될 수 있는 권리를. 있는 그대로의 나를 따스하게 보듬어줄 수 있는 내면의 오두막을.

성장과 치유를 방해하는 방어기제들

'전혀 안 취했다'고 우기며 갈지자로 걷는 사람, '택시 탔어. 금방 들어갈게'라고 수화기 저편의 상대에게 호언장담하며 한창 폭탄주를 제조 중인 사람, 부정부패를 저질러놓고도 청문회에서 기억이 나지 않는다고 주장하며 국민을 우롱하는 사람, 폭력을 써서 일을 해결하려 했다가 들통나자 저쪽이 먼저 시비를 걸었다며 날조된 스토리를 만들어내는 사람의 공통점은? 바로 심리적 방어기제를 남용하고 있다는 점이다. 방어기제는 눈앞에 닥친 불안을 제거하기 위해 타인은 물론 자신의 감각을 속이는 정신의 책략이다. 인간은 부정적인 감정으로부터 도피하기 위해 다채로운 방어기제를 활용한다. 커다란 충격으로부터 자신을 보호하기 위해 망각이라는 방어기제를 활용하고, 죄책감으로부터 벗어나기 위해 '내가 아닌 다른 사람이라도 그렇게 했을 거야' 같은 합리화라는 방어기제를 활용한다.

방어기제는 고통과 불안으로부터 벗어나려는 정신의 몸부림이지만, 궁극적으로는 내가 지닌 진짜 문제와의 '대면'을 가로막기에 치유와 성장을 방해할 때가 있다. 내면의 치유를 가로막는 방어기제의 모습에는 어떤 것이 있을까.

첫째, 현실을 받아들이기 힘들어 그것을 왜곡하거나 부정함으로써 상황으로부터 도피하는 것이다. 행복만 삼키고 불행은 뱉어내는 감탄고토의 자세가 결국에는 성장을 방해한다.

얼마 전 미용실에 갔는데 이런 문구가 붙어 있었다. "일하는 동안 낄낄낄 웃는다. 유머러스한 사람과 친하게 지낸다. 부정적인 사람을 멀리한다. 하기 싫은 일은 열심히 해서 최대한 빨리 끝내버린다." 이렇게 부정적인 에너지를 아예 침투하지 못하게 한다면, 우리 안에서 시시각각 일어나는 어두운 감정들은 어디로 갈까. 감정은 어떤 방식으로든 분출을 원한다. 분출의 물꼬를 만들어주지 않으면 언젠가는 온갖 억압된 감정들이 쏟아져 나와 더 큰 사고를 일으킬 수도 있다.

둘째, '절대 철들지 않을 거야'라고 생각하며 책임을 회피하는 경우다. 취직은 하지 않고 아르바이트만 부지런히 해서 언젠가는 꼭 성형수술을 할 것이라 선언하는 20대 청년의 이야기를 들었다. 결코 철들지 않을 거라는, 어른 따위는 되지 않을 거라는 가시 돋친 말과 함께. 걱정이 된 나는 넌지시 물어봤다. 엄마가 늘 네 곁에 있어주실 것 같니. 일찍 남편을 잃고 너만 바라보며 열심히 일만 했던 네 엄마가, 자신의 인생을 찾고 싶어 한다면 어떻게 할 거냐고. 그 말만 했을 뿐인데, 청년의 눈에서 눈물이 쏟아졌다. 자신이 철들지 않고 살 수 있는 원동력은 '나만 바라보는 엄마가 항상 날 지켜줄 거야'라는 믿음 때문이었음을 이제야 깨달은 걸까.

성장을 가로막는 세 번째 방어기제는, 자극이 오기도 전에 아예 자극 자체를 차단해버리는 예방적 방어기제다. 편집자의 부탁으로 밝고 행복한 분위기의 글을 써달라는 청탁을 받은 적이 있다. 어두운 이야기, 힘겨운 이야기는 절대 써서는 안 된다고, 편집장이 슬픔이나 불행에 대한 이야기를 극도로 싫어한다는 것이다. 그때 깨달았다. 슬픔이나 불행, 갈등이나 분열, 절망이나 낙담 없는 감수성이란 내게는 불가능하다는 것을. 타인의 슬픔에는 아예 귀 기울이지 않는 것은 행복이라는 이름의 배타적 성곽을 쌓아놓고, 그 안에서만 안전하게 살아가는 사람들의 특징이 아닐까.

오늘 우리는 어떤 방어기제를 사용하며 위기에 대처했을까. 방어기제는 진실과 마주하기 두려워 끊임없이 회피하는 정신의 퇴행일 수 있다. 우리에겐 줄기찬 방어보다 더 지혜로운 에너지, 즉 내 삶을 내가 가꾸고, 그 어떤 외부의 공격도 내 힘으로 막아낼 수 있는 내면의 힘이 분명 꿈틀거리고 있다. '더 이상 방어만 하지 않겠어. 이제 내 의지와 열망의 부름대로 살아가야지'라고 결심하는 순간, 진정한 희열이 찾아온다.

콤플렉스와 대면함으로써 전체성에 다다르기

세상은 경제적 차원뿐 아니라 마음의 차원에서도 지극히 불공평한 것일까. 이제 좀 자신을 덜 사랑하는 것이 좋을 것 같은 사람들은 지나친 자기애로 온 세상을 자기 것처럼 주무르고, 이제 좀 자신을 마음껏 사랑해도 좋을 사람들이 스스로를 할퀴고 비하하며 자기혐오에 빠진다.

이런 마음의 빈익빈부익부는 왜 발생하는 것일까. 진정한 자기와의 대면이 어렵기 때문이다. 자기를 과대평가하는 사람들은 자신의 그림자를 대면하려 하지 않고, 자기를 비하하는 사람들은 자신이 이미 지니고 있는 빛을 인정하지 않으려 한다. 심리학을 공부하며 깨달은 점은 내 안의 빛뿐만 아니라 그림자도 편애해선 안 된다는 점이다.

내 안의 빛과 그림자를 차별 없이 보듬어내는 것, 그리하여 내 바람직한 측면뿐 아니라 부끄러운 측면까지 전체성으로 보듬는 것이 진정한 성숙이다. 자신의 가장 증오스러운 측면도, 자신의 가장 멋진 부분도 나 자체는 아님을, 매 순간의 선택과 실천 하나하나가 생생하게 나를 만들어가고 있음을 깨닫는 마음챙김이 대면confrontation이다.

대면은 과연 어떻게 해야 할까. 융은 그림자와의 만남이 대면의 가장 결정적인 단계임을 강조한다. 그림자와 만난다는 것은 뼈아픈 콤플렉스와 트라우마까지 인정하고 묘사하고 받아들인다는 것을 의미한다. 나는 글쓰기를 통해 내 안의 빛과 그림자를 동시에 대면하는 길을 발견했다. 예컨대 처음에는 '내가 나를 싫어하는 이유'를 써보고, 다음에는 '그럼에도 불구하고 나를 아끼고 사랑해야 할 이유'를 써보는 것이다.

순서가 중요하다. 뒤로 갈수록 더 나은 나, 더 깊은 나와 만날 수 있는 순서로 진행한다. 첫째, 처음에는 '인생에서 가장 후회되는 순간들'을 써보고, 두 번째에는 '그럼에도 나 자신이 기특했던 순간들'을 써본 뒤, 마지막에는 '지금 가장 하고 싶은 일'을 써본다. 이렇게 하면 마음의 가장 깊은 그늘을 통과해 가장 밝은 빛을 만나고, 마침내 그림자와 빛을 통합하는 자신의 전체성을 만날 수 있다.

첫째, 자신이 싫은 점, 후회되는 점, 고치고 싶은 점을 쓰고 있으면, 매우 우울하기도 하고 어쩐지 통쾌하기도 하다. 자기

풍자의 카타르시스도 있다. 감정의 온도 조절이 잘 되지 않아 걸핏하면 지나치게 슬프거나, 지나치게 분노하거나 둘 중의 하나였던 것, 충동적이고 불규칙한 식습관, 만성적인 수면 부족, 진정한 휴식을 한 번도 체험하지 못한 것, 놀 때조차 일을 생각한 것, 누군가를 사랑할 때 솔직하게 감정을 말하지 못한 것, 말을 할 때 너무 '에둘러서' 표현하다가 진짜 해야 할 말을 못 하고 돌아서는 순간이 많았던 것.

내 그림자의 어두운 측면은 수없이 많다. 가장 원하는 것을 지금 당장 실천하지 못하는 마음의 습관, 사랑을 표현하지 못하고 꼬일 대로 꼬인 방식으로 표현해도 상대방이 언젠가는 날 이해해줄 거라고 믿는 어처구니없는 낙관주의, 행복을 느낄 때 그 기쁨에 집중하지 못하고 온갖 걱정거리와 불안을 늘어놓으며 결국 그 행복을 즐기지 못하는 감정의 습관, 문제가 생겼을 때 조금씩 해결해나가면 될 것을 계속 미루기만 하다가 감정이 폭발하기 직전까지 나 자신을 벼랑 끝으로 밀어붙인 순간들.

그림자를 묘사하다 보면 내 삶의 핵심 트라우마와 만나게 된다. 결국 나 자신의 미워 죽을 것 같은 측면은 내게 일어난 나쁜 일들 때문이 아니라, 그 일에 대처하는 내 우유부단함이나 행복조차 순수하게 행복으로 받아들이지 못하는 과도한 예민함 때문이라는 것을, 후회의 대부분은 마음챙김의 고삐를 제대로 조절하지 못했기에 발생한 것임을 알게 된다.

둘째, 그래도 기특한 점을 나열해본다. '내가 싫어하는 나'보다 훨씬 리스트가 짧긴 하지만, 한 자 한 자 써나갈 때 은밀한 쾌감을 느끼게 된다. 기특한 점 첫 번째, 부모님의 반대나 주변의 만류에도 끝내 간절한 꿈을 포기하지 않은 것. 나의 꿈인 좋은 글을 쓰는 것 이외의 삶에 대해서는 곁눈질하지 않은 것. 설령 친구들의 삶이 부럽거나 대단해 보여도 '질투할 시간조차 없다, 좋은 글을 쓰려면!'이라는 식으로 생각하며 마음의 고삐를 틀어쥔 것이 기특하다. 두 번째는 많은 사람을 친구로 두진 못했지만 소수의 사람을 깊이 사귀려 했다는 것이다. 넓이보다는 깊이를 추구하는 인간관계가 자칫 외골수처럼 보이고 편협해 보이더라도 더 나다움에 가까운 것임을 이제 알 것 같다. 세 번째, 소문난 길치에 심각한 영어울렁증에도 불구하고, 적금을 깨서라도 매년 배낭여행을 다녔다는 점이다. 지금 내가 사는 곳과 전혀 다른 장소에서 한 달이고 두 달이고 무작정 머무는 경험이 내게 다르게 살 수 있는 용기를 선물해준 것이다.

셋째, 마지막에는 지금 당장 하고 싶은 일을 쓴다. 오랫동안 연락이 끊어진 그리운 친구에게 전화 걸기, 아무도 없는 바다에서 눈물샘이 마르도록 실컷 울기, 다음 날에 대한 아무런 걱정 없이 지상 최고로 달콤한 숙면 취하기. 그러면 이런 소박한 꿈들이 내 꾸밈없는 마음이었구나, 깨닫게 된다. 나는 그러고 나서야 모든 자기혐오와 싸워 끝내 나를 있는 그대로 받아들이기 시작한 자신을 말없이 꼭 안아주고 싶었다. 한 번도 스스로를 진심으로 칭찬해본 적이 없는 나 자신의 머리를 쓰다듬어주고 싶었다.

콤플렉스나 트라우마와의 대면이 아픈 일만은 아니다. 마침내 나의 그림자와 만난다는 것, 그것은 평생 달의 앞면만 보던 삶을 뛰어넘어 달의 뒷면까지 탐험할 수 있는 용기가 필요하다. 자신의 전체성과 만나 마침내 더 빛나는 자기실현의 길에 이르는 것이 대면의 궁극적 지향이다. 심리학적 대면은 자신의 좋은 점만 부각하는 지나친 긍정심리학의 유아성과 결별하는 것이다. 대면은 상처의 빛과 그림자 모두를 차별 없이 끌어안아, 마침내 더 크고 깊은 나로 나아가는 진정한 용기다.

에고와 셀프, 더 큰 그림을 위한 가지치기의 아름다움

얼마 전 정원 가꾸기에 대한 정보를 알아보다가 가지치기의 의미에 대해 다시 생각해보게 됐다. 사실 가지치기를 하는 정원사의 모습을 보고 있으면, 식물들이 '아야, 아파요, 아프다고요!' 하고 비명을 지르는 것 같아 마음이 편치 않았다. 그런데 만약 가지치기를 해주지 않는다면, 그야말로 대참사가 일어난다. 가지들은 여기저기 질서도 계통도 없이 뻗어나가 흉물스럽게 변해버린다. 잔가지가 지나치게 많아지면 나무에 햇빛과 영양분이 골고루 공급되지 못해 나무의 상태가 나빠지고 만다. 가위질의 고통을 피하려고만 하면, 정작 나무나 꽃의 성장을 망쳐버릴 위험이 있는 것이다.

마음껏 자랄 수 있게 내버려두면 자연스럽게 멋진 정원이 되리라는 꿈은 그야말로 초심자의 순진한 몽상이다. 가위가 날카롭게 잘 들수록, 정원사가 과감하고 지혜로울수록, 정원은 아름답고도 조화로운 모습을 유지할 수 있다. 절단의 과정은 고통스럽지만, 나무의 열매와 꽃이 더욱 아름답고 튼실하게 생장할 수 있기 위해서 가지치기는 꼭 필요한 성장통이다.

우리 마음도 그렇지 않을까. 하고 싶은 것, 보고 싶은 것, 가고 싶은 곳이 넘쳐나지만, 그 모든 열망을 다 똑같이 중요하다고 강조해버리면 마음의 큰 줄기가 튼실하게 자리 잡지 못한다. 가지치기의 날카로운 고통이 필요한 순간이다. 오래된 가지와 죽은 줄기는 쳐내야 어린 싹이 자라날 수 있고, 잔가지 덤불에 가려져 있던 큰 줄기가 햇빛과 양분을 흡수할 수 있다.

우리 마음도 정원을 닮았다. 정원과 숲은 다르다. 숲은 야생의 질서를 따르는 반면, 정원은 자연과 인공의 행복한 조화를 추구한다. 문명화 이전의 인간이 '숲'이라면, 문명화 이후의 인간은 '정원'을 닮지 않았을까. 돌이켜보면 그 인연이나 그 꿈을 꼭 잘라내야만 진정으로 성장할 수 있었던 순간이 있었다. 우리를 끊임없이 괴롭히는 인간관계를 잘라내야 할 때가 있고, 내 안의 너무 많은 욕심의 잔가지를 과감하게 쳐내어 내 꿈의 커다란 줄기를 지켜내야 할 때가 있다.

나는 평생 너무 많은 욕심과 계획들로 내 꿈의 큰 줄기를 가려왔다. 때로는 돈을 벌기 위해, 때로는 불안으로부터 도피하기 위해, 진정으로 꿈꾸는 것으로부터 거리를 두고 일중독의 악순환에 빠지기도 했다. 올해는 처음으로 너무 많은 계획을 세우지 않는 것을 목표로 삼아본다. 가지치기의 날카로운 고통이 폐부를 찌르지만, 이 고통으로 내가 더욱 올곧게 성장할 수 있기를 꿈꾼다.

잔가지와 큰 가지를 구분하는 심리학적 기준은 '에고가 원하는 것'과 '셀프가 원하는 것'을 나눠보는 것이다. 에고, 즉 사회적 자아가 원하는 것은 타인의 눈치를 보는 열망들이다. 돈이나 인기, 명예나 권력과 이어지는 욕망들은 대부분 에고의 잔가지에 속한다. 셀프, 즉 내면의 자기가 원하는 것은 화려하게 빛나지는 않지만, 내 안의 깊은 무의식이 기뻐하는 것들이다.

셀프는 에고의 열망을 잘라내는 고통을 통해 내가 진정으로 원하는 것을 발견해내도록 이끈다. 그리하여 욕망의 가지치기는 부분의 아픔을 통해 전체의 궁극적인 성장을 꿈꾸는 몸짓이다. 셀프는 우리 안의 더 큰 힘을 깨닫게 만드는 궁극적인 에너지를 지니고 있다. 욕망의 가지치기는 에고에 상처를 주기 위한 것이 아니라, 셀프의 큰 줄기가 더욱 잘 자라날 수 있도록 에고에게 잠시 양보를 구하는 것이기도 하다. 마침내 자신의 셀프가 상처를 치유하고 상처와 대면하며 상처보다 더 커다란 자신과 만날 수 있도록.

2018년은 1년 계획을 가장 많이 이룬 한 해였는데도 이상하게 마음이 공허했다. 아무 가지도 쳐내지 못해 너무 많은 열망의 잎사귀와 열매들이 삶이라는 토양의 영양분을 다 빨아들인 나머지, '나'라는 토양이 황폐해져버렸던 것이다. 설을 맞아 한 해 계획을 대폭 수정해봤다. 내 안에서 열망의 리스트들을 지우기 시작했다. 무조건 욕망을 억제하는 것이 아니라, 더 크고 깊은 꿈의 큰 가지가 제대로 뻗어나갈 수 있도록 욕망의 잔가지들을 조심스레 쳐내주자. 가시적으로 드러나는 성과에 신경 쓰는 마음의 잔가지들을 쳐주고, 내 인생의 커다란 드라마를 상상하며 큰 그림을 중심으로 욕망의 가지치기를 해보자.

하루 한 시간 동안 아무 욕심 없이 산책을 하거나 마음챙김을 위한 명상을 하는 것은 겉으로 보기에는 아무 일도 안 하는 것처럼 보이지만, 더 나은 삶과 더 창조적인 아이디어를 위해서는 장기적으로 훨씬 지혜로운 스케줄 관리가 아닐까. 실험적으로 나는 글쓰기를 중간에 딱 멈추는 한이 있더라도 무조건 하루에 만 보는 걷는 일주일을 보내봤다. 우울한 감정이 사그라들고 경직된 근육 하나하나가 '그래. 바로 그거야! 이제야 살맛이 나는군!' 하고 기지개를 켜는 것만 같았다. 우리가 잠시 마음의 고삐를 내려놓고, 너무 많은 욕망과 스케줄의 가지치기를 할 수 있기를. 그리하여 가장 중요한 꿈의 줄기가 더 환한 세상의 햇살과 더 풍요로운 정신의 자양분을 듬뿍 얻을 수 있기를.

트라우마를 이겨내는 블리스의 힘

상처를 꿋꿋하게 이겨내는 사람들의 특징은 무얼까. 단지 불굴의 의지만은 아니다. 상처를 극복하는 내면의 힘은 자신도 모르는 면역력처럼 무의식 깊숙한 곳에서 천천히 단련되어온 회복탄력성이다.

회복탄력성을 기르는 일상 속의 길은 뭘까. 나는 그것이 타인의 시선에 일희일비하지 않는 내면의 희열, 즉 블리스Bliss를 가꾸는 일상 속의 작은 실천이라고 믿는다. 블리스는 시간의 흐름을 잊게 만드는 모든 기쁨이다. 시간뿐 아니라 슬픔과 번민, 세상조차 잊게 만드는 내적 희열이 바로 블리스다. 꽃을 가꿀 때 모든 슬픔을 잊는다면 그것이 블리스고, 음악을 들을 때 모든 번민을 잊는다면 그것이 블리스다.

아기의 입속에 과자를 넣어줄 때 아기가 까르르 웃는 모습을 보는 것이 블리스가 될 수도 있고, 자전거를 타고 거리를 질주할 때 세상만사로부터 해방되는 느낌이 든다면 그것이 바로 블리스다. 블리스는 위험에 대비하기 위한 마음의 내적 자원inner resource이다. 일상 속에서 쉽게 실천할 수 있는 아기자기한 블리스가 있는가 하면, 작가의 글쓰기나 화가의 그림 그리기처럼 인생을 걸어야 비로소 절실하게 만날 수 있는 블리스도 있다. 두 가지 모두 우리 인생에 필요한 내적 자원이다.

내가 상처를 치유하는 블리스의 힘에 대해 강의를 하자, 오랜 제자 H가 고민에 빠진 적이 있다. 블리스를 설명할 때 '모든 것을 희생하고 감수해도 끝까지 지키고 싶은 그 무엇'이라고 이야기했더니, H는 의기소침해졌다. 블리스를 가꾼다는 것이 뭔가 너무 어렵고 무시무시한 과업처럼 느껴졌던 것이다.

'내겐 블리스가 전혀 없는 걸까' 하고 고민했다는 H가 얼마 전 외할머니의 장례식에서 뜻밖의 블리스를 발견했다. 장례식장에서 그동안 얼굴을 볼 수 없던 수많은 친척을 만났는데, 친척들의 온갖 이야기를 듣다 보니 세상을 떠난 한 사람에 대한 아기자기한 사연들을 그리운 마음 가득 담아 듣는 것 자체가 블리스임을 알게 됐다고 한다. 물론 외할머니가 돌아가신 것은 슬픈 일이지만, 정말 신기하게도 그 상황이 마냥 힘들다는 생각이 들지 않고, 우리가 이렇게 함께 모여 아름다운 이야기를 나눌 수 있다는 것 자체가 돌아가신 외할머니의 눈부신 선물처럼 느껴졌다고 한다.

장례식장에서 술을 진탕 마신 뒤 썰렁한 분위기를 만들고 가버린 누군가를 살짝 험담하는 것도, 도마뱀을 키우는 이야기를 들려주는 친척들의 이야기도, 필라테스에 빠져 시간 가는 줄 모르는 친척의 이야기도, 자기와는 상관없는 줄 알았던 그 모든 타인의 이야기를 듣는 그 순간이 H에게는 블리스였다. 할머니의 죽음을 애도하는 의식 속에서, 끊어졌던 모든 인연이 다시 이어지는 연결과 접속의 느낌 속에서, H는 시간을 잊고, 슬픔을 잊고, 번민을 잊었던 것이다.

나의 블리스는 나와 한 번 깊은 인연을 맺은 사람들을 끝까지 포기하지 않는 것이다. H는 내가 시간강사로 첫 출발을 하던 해에 만난 제자고, 벌써 15년 넘게 나와 편지를 주고받고 있다. 이렇게 나와 한 번 인연을 맺은 사람들을 잊지 않고 그들의 안부를 물으며 따스함을 나누는 일, 그것이 나의 눈부신 블리스다.

H는 내게 편지를 썼다. "선생님, 블리스를 가꿨더니 정말 트라우마가 낫기 시작했어요! 이제는 귀신도 밤도 두렵지 않아요." 나의 블리스는 자신의 상처를 어렵사리 꺼내어 내게 보여준 사람들을 잊지 않는 것, 개인적인 연락을 할 수 없더라도 그들이 나를 볼 수 없는 시공간에서도 내 마음을 알아줄 수

있도록 살아 있는 한 끊임없이 글을 쓰는 것이다. '진지충'이라는 비난을 들으면서도 매일 읽고 쓰고 강의하는 일을 멈추지 않는 것이다.

이 블리스를 빼앗기면 나는 나로 살 수 없을 것 같은 공포를 느낀다. 매일 읽고 쓰지 않으면 미쳐버릴 것 같은 슬픔을 느낀다. 나는 매일 읽고 쓰며, 얼굴을 볼 수 없는 모든 사람과 너무도 깊은 인연의 사슬로 연결돼 있다. 글쓰기를 통해 소중하게 인연을 가꾸는 일, 그것이 내게는 당신과 나의 상처를 치유하는 최고의 블리스다.

페르소나와 트라우마의
행복한 공존을 꿈꾸며

최근 조현병을 비롯한 각종 정신질환과 연관된 강력범죄가 날로 그 흉악함을 더해가면서, 정신질환을 과연 어떻게 관리하고 통제할 것인가 하는 문제가 첨예한 사회적 이슈가 되고 있다. 심리학자 융이라면 이를 그림자의 문제로 다뤘을 것이다. 그림자는 범죄자에게만 드리우는 내면의 어둠이 아니라, 모든 사람에게 잠재돼 있는 인간 자체의 열등함, 언제 드러날지 모르는 콤플렉스, 다 잊은 줄로만 알았던 트라우마나 평생 억누르고 살아왔던 분노의 집합체를 말하는 것이다.

융은 이 세상 모든 지킬이 자신의 하이드, 즉 지킬의 또 다른 모습인 그림자 인격을 낱낱이 이해할 수 있을 때까지, 인간이 스스로에 대해 더 많은 것을 배워야 한다고 생각했다. 즉 '지킬 박사의 페르소나(눈에 보이는 성격)'와 '하이드의 그림자(보이지 않는 콤플렉스와 사악함)' 문제는 극소수의 특별한 환자들이 아니라 인류 전체의 집단무의식에 드리운 어둠이다. 인간은 누구나 한계 상황에 부딪힐 때 자신도 모르게 섬뜩한 하이드의 본성을 드러낼 수도 있다는 걸 받아들여야 한다.

우리는 우리 안의 하이드, 우리 안의 그림자와 어떻게 화해해야 할까. 어떻게 하면 개인의 내면에 도사린 그림자가 폭력이나 범죄로 폭발하는 일을 막을 수 있을까. 나는 그 대안을 그림자를 보살피는 삶에서 찾는다. 그림자를 보살피는 법, 즉 자기 자신의 마음을 샅샅이 되돌아보며 도사린 상처와 그늘을 찾아내는 방법은 매우 느린 길이다. 그러나 개개인의 폭력성과 숨은 그림자와 대면하는 법을 훈련하면 분노가 우리 자신을 집어삼켜 초래하는 비극을 분명히 예방할 수 있다.

평소에 어떤 스트레스와 트라우마로 괴로워하는지, 어떤 사람을 보면 분노의 방아쇠가 당겨지는지, 어떤 상황에서 습관처럼 온몸이 떨리고 혈압이 오르는지 정확히 알아야 한다. 자신의 그림자를 이해하고 받아들이는 사람은 한계 상황에 닥쳤을 때 훨씬 유연하게 대처할 수 있다. 이것이 바로 회복탄력성을 높여 정신의 면역력을 기르는 방법이다. 바이러스에 대처하기 위해 면역력을 높여야 하는 것처럼, 우리는 우리 안의 그림자, 우리 안의 무의식과 좀 더 친밀해짐으로써 정신질환을 예방할 수 있다.

융은《원형과 무의식》(솔, 2002)에서 '당신이 인정하고 싶지 않은 당신의 모습'이 바로 그림자라고 말한다. 그림자는 우리가 아무리 거부해도 끊임없이 우리 자신을 가로막는 자기 안의 장애물이다. '너는 성격이 너무 불같아'라는 말에 더욱 불같이 화를 내는 사람처럼, 그림자는 타인의 시선에서는 정확히 보이지만 자기 자신이 바라볼 때는 은밀한 사각지대에 존재한다. '어머, 아버지를 꼭 닮았구나'라는 말에 버럭 화를 내는 사람은 아버지와 자신의 닮은 모습 자체, 그리고 자신이 아버지의 그늘에서 벗어날 수 없다는 사실이 바로 그림자인 셈이다. 인정하기를 거부할수록, 즉 의식의 차원에서 그림자를 밀어내려 할수록 그림자는 더욱 짙어진다.

그런데 그림자라고 해서 모두가 로버트 루이스 스티븐슨Robert Louis Stevenson의《지킬 박사와 하이드》(1886)의 경우처럼 악의 원천인 것은 아니다. 예컨대 예술가들의 '창조의 원천'에는 대부분 그림자 문제가 연루되어 있다. 그림자를 창조적인 예술의 영감으로 승화시킨 예술가들이 바로 베토벤, 고흐, 카프카Franz Kafka 같은 사람들이다.

가끔 내 안의 낯선 그림자가 갑자기 튀어나올 때가 있다. 걷잡을 수 없는 분노가 치밀어 나조차 이해할 수 없는 행동을 할 때다. 어디서 그런 분노가 숨어 있었는지 깜짝 놀라 내 기억을 샅샅이 뒤지기도 한다. 융 심리학에서는 이런 순간을 그림자와의 대면이라고 한다. 자신이 인정하기 싫은 어둡고 열등한 측면, 즉 그림자와 만난다는 것은 끔찍한 일이다.

하지만 고통스러운 희열도 깃든다. '내가 이것 때문에 그토록 힘들었구나' 하는 깨달음도 공존하기 때문이다. 겉으로는 매우 친절하고 명랑한 성격을 자부하던 사람이 식당 직원의 작은 실수나 마트 계산대에서의 새치기 같은 문제에 예고 없이 노출되었을 때 엄청나게 분노하는 경우가 있다. 그런데 그 사람이 평소에 자부하는 바로 그 원만한 성격이, 그토록 인내심 많고 차분하고 포용력 있는 바로 그 성격이 그 사람의 페르소나다. 페르소나는 우리가 사회에서 살아남기 위해 연기하고 다듬어온 인격이다. 그러니 페르소나란 매우 연기력이 뛰어난 나, 우리의 진짜 감정을 숨기기 위한 정교한 가면이기도 하다.

페르소나의 놀라운 점은 가끔 페르소나가 너무 진짜 같아서 그 역할을 연기하는 자기 자신도 그 페르소나에 속아 넘어간다는 것이다. 페르소나를 화려하게 치장하면서 자신의 그림자를 돌보지 않는 사람들은 언젠가 트라우마에 직면했을 때 매우 취약한 모습을 보인다. '저 사람은 참 성격이 좋다'는 말을 듣는 사람들은, 그렇게 좋은 성격을 남들에게 보여주기 위해 너무 과도하게 애를 써왔다는 사실을 자신조차 모를 때가 있다. 남들에게 우아하고 지적인 모습을 보여주기 위해, 화가 나도 참고 옳은 일이 아니어도 참고 슬퍼도 참고 또 참았다면, 부당하게 견딘 시간들이 그림자의 퇴적층을 이루게 된다. 이렇게 억압된 진짜 감정은 그림자가 되어 언젠가는 우리의 뒤통수를 치게 된다.

심리적으로 건강해진다는 것은 바로 이런 그림자를 '의식화'해서, '나에게 이런 스트레스가 있었구나. 나에게 이런 슬픔이 있었구나' 하고 깨닫는 과정, 나아가 그 슬픔과 스트레스와 화해하기 위해 자신을 너무 다그치지 않고, 좀 더 편안하게 해주는 과정을 일컫는다. 그림자를 길들인다는 것, 그것은 그림자와 진정한 친구가 되기 위한 아름다운 몸부림이다.

분노가 치밀어 오를 때, 잠시 혼자 있어보라. 그리고 그 분노의 이면에 켜켜이 쌓인 내 인생의 분노의 역사를 되돌아보자. 오랫동안 차곡차곡 쌓였다가 더 이상 쌓을 공간이 없어 밖으로 터져나온 당신의 분노를 가엾게 여겨보라. 달래주고 토닥여주고 마침내 홀로 설 수 있도록 감정의 분출구를 열어주자.

여기서 승화가 중요하다. 분노를 유발하는 사건에 더 큰 분노로 화답하는 것은 사태를 악화시키므로, 우리는 다른 배출구를 찾아야 한다. 분노를 다른 감정으로 해소하거나 창조나 예술의 에너지로 승화시킬 다른 방법을 찾아보자. 당신의 분노가 거의 포화 상태에 다다른 감정의 물통에 떨어질 마지막 물방울이 되는 순간, 감정의 물통은 쏟아져버린다. 분노가 치밀어 오르는 순간, 분노를 억제할 수 없는 순간, 바로 그 순간이 내면의 신호에 귀 기울이며 자신의 그림자를 돌볼 시간이다. 이제 당신 안의 가장 아픈 상처를 보듬고 상처마저 자신의 가장 소중한 보물로 다룰 시간이다. 당신의 쓰라린 그림자마저도 다정한 친구로 만드는 슬기로움, 그 마음속에 진정한 치유의 에너지가 있다.

열등감을 극복하고 더 나은 삶을 향해 나아가는 길

인생에서 가장 극복하기 어려운 감정 중 하나가 열등감 아닐까. 그것도 아주 가까운 사람을 향한 열등감, 질투심, 패배감은 사람의 마음에 지울 수 없는 상흔을 남긴다. 그런데 그 심각한 열등감이야말로 '내 삶을 어떻게 바꿀 것인가'에 대한 해답을 제시해주는 결정적 전환점이 될 수 있다. 열등감을 어떻게 극복하느냐에 따라 인생의 지형도가 바뀔 수도 있는 것이다.

심리학자 알프레트 아들러는 열등감을 보상하려는 과정 속에서 인간은 물론 동물과 식물도 엄청난 성장을 경험한다는 사실을 발견했다. 1907년 《기관 열등성과 심리적 보상의 작용》이라는 책을 출간한 아들러는, 이 책에서 역사상 최초로 자연이 신체 기관의 결함을 매우 불가사의한 방식으로 보상해주고 있다는 점을 날카롭게 고찰해냈다.

예컨대 시력에 손상을 입은 사람들은 보통 사람에 비해 청각이나 후각이 엄청나게 예민해지고, 심각한 발육부진이나 신체결함을 가진 사람들은 그 부분을 보상하기 위해 다른 쪽으로 재능을 발휘하게 된다. 자폐증을 심하게 앓던 소녀 템플 그랜딘Temple Grandin이 훌륭한 동물학자가 된 사례뿐 아니라, 다양한 분야에서 '자신의 신체적 결함'을 다른 부분의 재능이나 능력으로 더욱 강력하게 보상하려고 노력한 사람이 많다.

《아들러의 격려》(생각정거장, 2015)를 쓴 베란 울프W. Beran Wolfe는 아들러의 발견을 이렇게 요약한다. 자연은 마이너스 부분을 발견하면 두 배의 플러스를 만들어내려는 경향이 있다고. 베토벤은 귀가 들리지 않는 상태에서 위대한 교향곡을 작곡해냈고, 말을 더듬는 콤플렉스가 있었던 데모스테네스Demosthenes는 자신의 결점을 극복하고 오히려 최고의 연설가로 거듭났다. 소화불량으로 고생하던 사람이 훌륭한 셰프가 되기도 하고, 구루병을 앓던 아이가 뛰어난 육상선수가 되기도 한다.

콤플렉스와 트라우마로 고통받는 사람이 결국 자신의 결점을 극복하고 눈부신 인생의 주인공이 되는 사례는 워낙 많아 일일이 꼽을 수 없을 정도다. 그러나 모두가 이런 드라마의 주인공이 되지는 못한다. 실생활에서 열등감이나 질투심을 뛰어넘는 것은 보상이론만으로는 해결되지 않을 때가 많다. 순간순간의 절망, 고통, 우울, 슬픔을 뛰어넘어야 하는 경우의 수가 너무 많기 때문이다.

내가 열등감이나 질투심을 조금씩 극복해온 방법은 다음과 같다. 첫째, '신 포도의 심리'를 극복하는 것이다. '여우와 신 포도'의 이솝우화처럼 너무 높이 달려 있어서 결코 먹을 수 없는 포도를 보고 '저 포도는 분명히 너무 시어서 맛없을 거야'라고 생각하는 심리는 질투심의 본질을 잘 보여준다.

나는 내가 갖고 싶은 재능을 가진 사람을 보면 더 이상 '신 포도'로 생각하지 않고, 그 사람의 탁월성을 있는 그대로 인정하는 쪽을 택했다. 훌륭한 걸 훌륭하다 하고, 아름다운 것을 아름답다 인정하고 나면, 훌륭함과 아름다움에 감탄하고 감동하고 감상할 수 있는 마음의 여유가 생긴다. 타인의 탁월성을 인정하면 삶이 더욱 풍요롭고 아름다워진다. 열등감의 부정적 에너지를 배움을 향한 열정이라는 긍정적 에너지로 역전시키는 것이다.

둘째, 고통의 최고점과 행복의 최저점을 정하는 것이다. 내가 견딜 수 있는 고통의 한계를 성찰해보고, '이만하면 충분히 만족스럽다'는 행복의 마지노선도 정하는 것이다. 얼마 전에 영화 〈쇼생크 탈출〉(프랭크 다라본트 감독, 1995)을 보다가 눈이 번쩍 뜨이는 대사를 발견했다. "누구에게나 한계는 있기 마련이지Every man has his breaking point." 나는 내 한계를 너무 높이려고만 한 것은 아닌지, 고통의 한계는 물론 행복의 한계도 무한정으로 설정해놓고 스스로를 괴롭혀온 것은 아닌지 돌아보게 되었다.

이 경계를 넘으면 곧 무너지고 말 것만 같은 불안감의 마지노선, 그것이 고통의 마지노선이다. 한편 '이것으로 충분하다' '이 이상 행복해지려고 너무 애쓰지 말자'라고 생각하는 순간, 마음이 편안해진다. '내가 견딜 수 있는 고통은 여기까지구나. 이 정도 이상의 고통은 거부해야겠다'라는 생각은 나를 보호해주고, '이만하면 충분히 행복하다'는 판단은 나를 더 많은 행복에 대한 욕심으로부터 구해준다.

셋째, 감정의 미묘한 차이들을 또렷하게 구분해보는 것이다. 예컨대 고통과 절망을 구분하는 것, 스트레스와 트라우마를 구분하는 것, 짜증과 슬픔을 구분하는 것이다. 영화 〈더 파티〉(샐리 포터 감독, 2018)에서 갑자기 유리창이 깨져버려 망연자실한 사람들을 보고 한 남자가 이렇게 말한다. "유리창이 깨진 거지, 영혼이 부서진 것은 아니야."

정말 그렇지 않은가. 힘든 일이 생긴 것이지, 반드시 절망해야 할 필연적인 사건이 터진 것은 아니다. 극복해야 할 힘든 일이 생긴 것뿐이지, 그게 희망을 포기할 이유가 되지는 않는다. 나도 가끔은 트라우마에 굴복하기도 하고, 잊을 수 없는 상처 때문에 우울해지기도 한다. 하지만 이제는 지금 내 곁을 스쳐 지나가는 자그마한 행복의 햇살을 마음껏 만끽해보려 한다.

나는 고통이라는 재료를 요모조모, 조물조물 버무려 무언가 엉뚱한 것을 만들어보고 싶어 한다. 그러니까 고통이 엄습해올 때면 그것을 표출하기보다는 승화할 것을 꿈꾼다. 아프다고 소리치며 화를 내고 물건을 깨뜨리는 것은 표출이지만, 아픔을 오래오래 발효시켜 글이나 음악이나 그림 같은 또 하나의 미디어로 표현하는 것은 승화다. 이 승화의 과정이 우리를 끝내 구원한다.

우리 안의 헬렌 켈러Helen Keller, 우리 안의 베토벤을 이끌어내는 가장 아름다운 마음챙김의 기술, 그것은 고통의 에너지를 창조의 에너지로 승화시키는 지혜다.

내 마음의 날카로운 창끝을 누그러뜨리는 마음챙김

분노에 사로잡힌 타인의 행동을 관찰하다 보면 깜짝 놀랄 때가 있다. '저 사람은 지금 자신이 무엇을 하고 있는지 모르는구나!'라는 깨달음 때문이다. 얼마 전 한 회사 내부에서 직장 상사 A가 부하 직원 B를 끊임없이 괴롭히는 사건에 대해 알게 되었다. 전후 상황을 종합해보니, A는 부하 직원 B의 재능을 질투하고 있는 것이었다. 그런데 모든 상사에게 칭찬을 받는 B에 대한 A의 콤플렉스와 질투심을 까맣게 모르는 것은 정작 A 자신뿐이었다. 주변 사람 모두가 'A는 B를 질투해서 그를 괴롭히고 있구나'라는 상황을 인식하고 있는데도, A는 온갖 생트집을 잡으며 B를 괴롭히고 있었다. 이런 것이 바로 마음놓침mindlessness 상태다. 자신이 어떤 감정에 빠져 이성적인 판단을 그르치고 있을 때, 그릇된 편견에 사로잡혀 공정한 판단을 내리지 못할 때, 우리는 마음놓침의 위험에 빠지게 된다.

마음챙김mindfulness이란 마음놓침과 반대로, 자신이 어떤 마음과 행동의 주체인지를 정확하게 알아차리고 있는 상태를 말한다.

"네가 나한테 이런 말했던 것, 정말 기억 안 나?" 이런 질문을 받을 때 우리는 비로소 과거의 실수를 대면하게 된다. 부정적인 감정에 사로잡혀 마음을 제대로 보살피지 못했을 때, 우리는 실수를 한다. 타인이 내 실수를 알려주어 뼈아픈 후회를 느끼기 전에, 내가 미리 나의 마음을 보살피고 알아차리고 어루만져주는 것이야말로 더 나은 삶을 살기 위한 마음챙김의 확실한 효과다. 마음챙김의 과정에서 가장 먼저 대면한 나의 문제점은 탓하는 마음이었다. 그때 부모님이 나를 좀 더 이해해주셨더라면, 그때 그 사람이 나를 버리지 않았더라면, 그때 그 친구가 나를 괴롭히지 않았더라면. 이런 원망과 분노의 마음을 '그때 내가 좀 더 내 마음을 맹렬하게 관찰하고, 내 스스로 내 마음을 보살필 수 있었더라면'이라는 프레임으로 바꾸는 것. 그것이 깨달음의 첫걸음이다.

마음챙김을 불교심리학에서는 사티Satī라고도 표현하는데, 이 단어의 의미는 '기억하다'라고 한다. 《트라우마 사용설명서》(불광출판사, 2014)의 저자 마크 엡스타인Mark Epstein은 마음챙김의 기억이란 순간순간 우리 마음속에서 일어나는 모든 움직임을 알아차리는 것을 의미한다고 말한다. 트라우마를 공부하다 보면 오래전에 잃어버렸던 아픈 기억을 되찾고 다시금 괴로워질 때가 있는데, 이것은 물론 고통스러운 일이지만 해리되었던 기억을 재통합한다는 측면에서 진정한 내적 성장이다. 너무 아픈 기억이라 무의식이 차라리 지워버린 기억을 다시 대면한다는 것은 당분간은 고통스럽지만, 내 것이 아니라고 믿었던 상처를 '나의 진정한 일부'로 재통합함으로써 의식 바깥을 떠돌던 슬픔을 나의 의식 속으로 다시 초대하는 긍정적인 의식화이기도 하다. 무의식 속에 억압되어 있던 슬픔을 다시 의식으로 불러내야 비로소 치유가 가능해진다.

티베트 승려 초감 트룽파Chögyam Trungpa는 진정한 깨달음에 이르는 수행의 본질이란 자신의 날카로운 창끝을 인식하고, 그 창끝을 누그러뜨리는 것이라고 말했다. 나는 내 상처의 날카로운 창끝이 나를 이제 회복 불가능한 사람, 끝내 우울한 사람, 상처에 고착된 사람으로 만들어 끊임없이 나를 찌르고 있음을 깨달았다. 그 날카로운 창끝을 연민과 존중과 이해의 마음으로 조금씩 누그러뜨리는 것이 마음챙김 훈련이다. 우리는 수많은 웹사이트에 매일 방문하지만, 정작 내 마음 깊숙한 상처의 골방에 방문하는 일은 회피해오지 않았는가. 그토록 많은 장소를 방문했지만, 정작 내 마음속으로 방문하는 일은 꺼려온 것이 아닌가. 심리학을 공부한다는 것은 나에게 내 상처를 바라보는 프레임을 바꾸는 일이었다. 나의 치명적인 실수까지, 나의 가장 어두운 상처까지 대면하여, 그 상처로부터 도망가는 것이 아니라 마침내 그 상처를 완전히 나의 일부로 끌어안는 것. 심리학을 공부한다는 것은 날마다 이 세상과 새로운 사랑에 빠질 수 있도록 내 마음을 더욱 투명하게, 부드럽게, 해맑게 가꾸는 일이다. 상처를 삭제할 수는 없지만, 상처를 바라보는 나의 프레임을 바꾸는 것, 그것이 진정한 치유의 시작이다.

우리는 매일
무언가를 숨기고 있다

처음으로 외국으로 여행을 떠났을 때, 나는 너무도 한국적인 내 이름을 지워버리고 싶었다. 내 여권 커버를 벗기며 영문 이름을 자세히 살펴보던 외국인들은 내 이름을 결코 제대로 발음하지 못했다. 한국인 이름들 중에서도 유난히 외국인이 읽기 힘든 내 이름, '정여울'을 서툴게 발음하며 은근히 인종차별적인 뉘앙스가 다분한 미소를 지어보이던 외국인들. 그들을 볼 때마다 나는 내 이름에 찍힌 어떤 비밀스러운 낙인을 느꼈다. 한국에서는 그렇게 사랑받던 그 이름이 외국에 가면 낯설고 기이한 무언가로 바뀌어버렸다. 이안Ian이나 제인Jane 같은 영어 표기가 쉬운 이름으로 바꾸고 싶은 충동도 느꼈다. 이렇듯 '주류'에 속하고 싶어 나 자신의 정체성을 바꾸고 싶은 충동이 바로 '커버링'이다.

나는 《커버링》의 대목에서 명쾌한 카타르시스를 느꼈다.

누구나 커버링을 한다는 것. 커버링은 주류에 맞게 타인이 좋아하지 않는 정체성을 드러내는 것을 억제한다는 것이다. 사람들은 주류에 속하고 싶은 열망 때문에 유행하는 스타일로 옷을 챙겨 입고, 요즘 대세로 불리는 라이프스타일로 삶의 습관을 바꾸는 수고를 마다지 않는다. 심지어 왕따를 당하지 않기 위해, 주류에 편승하기 위해, 양심의 가책을 느끼면서도 무고한 사람을 왕따로 만든다. 동성애자임을 숨기기 위해 오랫동안 이성애자의 커버링을 계속해왔던 저자는 바로 그 주류에 편입되기 위한 커버링이야말로 진정한 나 자신이 되는 것을 가로막는 장애물임을 깨닫는다. 그는 더 이상 이성애자인 척하는 동성애자로 살아갈 수 없는 자기 자신을 발견하고, 유능하면서도 게이임은 굳이 드러내지 않는 법관이 아니라 게이임을 어디서든 숨기지 않고 동성애자 인권을 위해 투쟁하는 법관이 되기로 결심한다. 커버링은 도처에 만연해 있다. 국적을 커버링하기 위해 미국식 이름으로 개명한 유명인들은 수도 없이 많고, 프랭클린 루즈벨트Franklin Delano Roosevelt 대통령조차 휠체어를 탄 모습을 보이지 않기 위해 회의가 시작되기 전에 미리 휠체어를 책상 뒤에 숨겨놓았다. 자신의 동성 연인을 공식 석상에서 보여주지 않는 사람들도 많고, 마거릿 대처Margaret Hilda Thatcher 수상은 발성 코치에게 음색을 남성처럼 낮추는 훈련을 받음으로써 자신의 여성성을 커버링했다.

내게도 커버링이 있다. 나는 오랫동안 내가 여성이라는 것에 대해 의식하지 않는 글쓰기를 하려고 노력했다. 여성인 것을 의식하지 않기 위해 건조하고 딱딱한 문체로 글을 써보기도 하고, 레이스나 리본이 달린 옷을 피하고 중성적인 느낌을 주는 옷을 입어보기도 했지만, 그 어떤 커버링으로도 내면의 여성성을 감출 수는 없었다. 이제 나는 외국인들이 발음하기에 쉽고, 굳이 한국인스러움을 드러내지 않는, 보다 보편적인 알파벳 이름을 꿈꾸지 않는다. 내 이름이 필명인지 물어보시는 분들이 있는데, 내 이름은 항상 본명이었다. 한글 이름이며, 한자 이름조차 없는, 내 아버지가 지어주신 단 하나의 이름을 되뇌며, 이제 살아 있는 동안 점점 더 이미 나에게 덧씌워진 수많은 커버링을 하나씩 지워가기로 한다. 그리하여 내가 점점 더 나다워지기를, 내가 다만 꾸밈없는 나임으로써 최고의 자유를 얻기를 꿈꾼다. 나는 나인 채로, 당신은 당신인 채로, 아무것도 바꾸거나 덧칠할 필요 없이, 있는 그대로, 존재 그 자체로 반짝반짝 빛날 수 있기를.

3.

마음의 안부를 물을 시간이 필요하다

꿈을 이루기 위해 필요한 것은
야망이나 적극성이 아니라
완연한 때가 무르익기를 기다리는 몸짓이다

자기혐오를 넘어
자기공감의 시간으로

"마음아, 잘 있니?" 문득 감정이 잘 다스려지지 않을 때마다, 스스로 이렇게 질문하곤 한다. 마음의 안부를 묻지 못할 때는 고통스러운 상념에 빠져 지하철역을 몇 정거장이나 지나치기도 하고, 분노가 조절되지 않아 소중한 사람에게 말실수를 한 뒤 오랫동안 미안함에 고개를 들지 못하기도 한다. 이렇게 마음의 고삐를 놓치지 않기 위해, 우리에겐 마음의 안부를 물을 시간이 필요하다.

우리는 저마다 자기 자신의 가장 좋은 친구가 되어야 한다. 그러려면 자신과의 대화가 필요하다. "마음아, 잘 있니?"라고 물었을 때, 한동안 마음을 제대로 챙기지 못했다면 날카로운 대답이 들려온다. "이제 와서 내 안부를 묻는 거야? 이미 물은 엎질러졌어. 아까 그렇게 감정적으로 반응한 건 잘못한 거야."

하지만 아직 늦지는 않았다. 잘못을 인정하고 사과하고 바로잡을 기회가 남아 있는 한, 살아 움직이며 내 삶을 바꿀 기회가 남아 있는 한, 우리는 끊임없이 마음의 안부를 물으며 자신을 더 나은 존재로 만들 수 있다.

상처에 취약한 마음은 상처받지 않기 위해 더 높은 방어벽을 쌓느라 오히려 진정한 소통의 기회를 잃어버릴 수도 있다. 마음의 안부를 묻는 시간이 늘어날수록 마음은 미래의 고통에 더욱 여유롭게 대처할 수 있다. 《공감의 과학》(니케북스, 2017)을 쓴 심리학자 베르너 바르텐스Werner Bartens는 진정한 마음챙김의 비결로 자기공감self-compassion을 제안한다. 자기공감을 잘하는 사람은 공포나 우울에 휘둘리지 않으며, 회복탄력성이 높아져 상처의 치유 속도가 높아진다.

반대로 자신을 탓하고 미워하는 마음은 몸과 마음의 건강을 해친다. '난 역시 안 돼'라는 식의 자기혐오에 익숙한 현대인들은 타인에 대한 공감뿐 아니라 자신에 대한 공감능력도 떨어진다. 무한경쟁의 압박 속에서 '아무리 잘해도, 다음엔 더 잘해야 한다'는 강박 속에 살아가는 현대인들은 자기를 격려하는 마음챙김의 기술을 잃어가고 있다.

실패를 용납하지 못하고, 실수를 받아들이지 못하며, 타인의 애정 어린 조언조차 한사코 밀어내는 사람들은 사실 자기 자신과의 관계 맺기에 서툰 것이다. 마음을 보살피지 않은 채 병원에 가 무조건 진통제나 안정제를 찾는다면, 자기와의 주체적인 관계 맺음을 시작할 수 없다.

자기와의 관계 맺기에서 중요한 것은 눈에 보이는 에고와 눈에 보이지 않는 셀프와의 대화다. 상처를 입었을 때 이것이 에고의 차원인지 셀프의 차원인지 돌아보는 것이다. 에고의 차원에서 상처를 입었을 때는 자존감에 살짝 상처가 난 정도라고 볼 수 있다. 에고의 아픔은 부분적인 상처이며 치료 가능한 상처다. 하지만 셀프 차원의 상처라면 더 깊은 마음챙김의 시간을 가져야 한다. 에고에 상처를 입었는데 너무 호들갑을 떠는 것은 셀프가 약하기 때문이고, 셀프에 상처를 입었는데도 제대로 돌보지 않고 '난 괜찮아!'라고 주장하며 자신까지도 속인다면, 스스로의 상처에 둔감해짐으로써 자기공감에 이르지 못하고 있는 것이다.

그리하여 에고와 셀프의 대화가 필요하다. 에고가 '너 정말 괜찮니?'라고 물었을 때 괜찮지 않다는 걸 인정하고, '하지만 언젠가는 반드시 슬픔을 이겨낼 거야'라고 속삭이는 셀프의 깊은 위로로 자기공감은 시작된다. 에고와 셀프가 서로 갈등하기보다는 깊이 공명할 때, 에고와 셀프가 철저히 분리될 위험에 처해 있는 현대사회에서 진정한 자기 자신을 찾을 수 있다.

에고가 지나치게 발달한 사람은 타인의 시선에 휘둘린다.

에고는 타인의 인정과 칭찬을 먹고살아가기 때문이다. 하지만 셀프는 다른 사람이 아무리 뭐라고 해도 아랑곳하지 않을 수 있는 내면의 깊은 자기인식의 총합이다. 트라우마와 스트레스에 휘둘리는 사람들은 셀프가 견고하지 못하다. 에고의 감정 변화에 일희일비한다. 셀프는 에고가 울고 있을 때도 건강할 수 있다. 에고가 처참하게 상처 입었다 하더라도 셀프가 괜찮다면 우리는 앞으로 나아갈 수 있다. 더 담대하게, 더 용감하게.

나는 에고 차원에서는 끊임없이 상처받지만, 셀프 차원에서는 내가 더욱 강인하고 지혜로운 존재임을 배워가고 있다. 그토록 수많은 상처를 입고 휘청거렸음에도 오늘도 기쁘게 깨닫는다. 나는 트라우마보다 강인한 존재임을. 그 어떤 트라우마에도 결코 지지 않았음을.

마침내 자신의 그림자와 화해하는 사람들

8년여의 대장정 끝에 마침내 마지막 시즌에 다다른 미국 드라마 〈왕좌의 게임〉(미국 HBO 제작, 2011~2019)을 보며 '자신의 그림자와 어떻게 소통하는가'에 따라 인간의 운명이 전혀 다르게 바뀔 수 있음을 발견한다.

'그림자를 어떻게 수용하는가'라는 문제에서 가장 극명한 대비는 세르세이와 테온에게서 찾을 수 있다. 세르세이는 세 자녀가 모두 철왕좌를 둘러싼 권력 싸움에서 희생됐다는 트라우마에서 벗어나지 못하고, 잔혹한 복수의 화신이 되어 절대 권력을 휘두른다. 그녀는 점점 더 자신의 트라우마에 사로잡혀 더 끔찍한 복수를 기획하고, 타인의 고통을 잔인하게 즐기기까지 한다. 시즌 1에서는 선과 악의 경계에서 미묘하게 서성이던 세르세이가, 시즌 8에서는 최악의 악역으로 전락했다.

반면 시즌 1에서는 최악의 인물이었던 테온이 시즌 8에서는 가장 영웅적인 최후를 맞는 모습에 깊은 감동을 받았다. 테온은 오갈 데 없는 자신을 거둬준 스타크 가문의 명예를 빼앗고 자신이 영주가 되기 위해 아이들을 죽여 음모를 꾸민 배덕자였다. 하지만 시즌 8에서 테온은 자신이 죽이려던 바로 그 아이, 이제는 예언자 '세 눈 까마귀'가 된 브랜을 살려내기 위해, 본인이 죽을 걸 알면서도 가장 무시무시한 적인 '밤의 왕'을 향해 질주한다.

한때 테온은 살인마 램지에게 무시무시한 고문을 당하며 육체적 남성성을 잃었지만, 그는 걸핏하면 그의 콤플렉스를 놀려대는 사람들의 조롱 속에서도 꿋꿋이 치욕을 견뎌내며, 끝내 인간다운 삶을 살려고 한다. 자신의 그림자, 즉 과거의 끔찍한 트라우마에 굴복하지 않은 것이다. 죽음의 위기에 처한 산사를 구해내기 위해 목숨을 걸었고, 악당 유론에게 감금당한 누나를 구하기 위해 또 한 번 목숨을 걸었으며, 마침내 브랜을 살려냄으로써 인간의 과거와 현재와 미래를 관장하는 예언자까지 지켜낸다.

그는 자신의 그림자, 즉 한 가족을 송두리째 무너뜨릴 뻔했다는 끔찍한 죄책감, 영원히 남성성을 거세당했다는 참혹한 트라우마로부터 스스로를 구해낸다. 세르세이는 복수심이라는 그림자에 자신이 원래 지니고 있던 사랑과 열정 같은 아름다운 빛까지도 저당 잡히고 말았지만, 테온은 모든 것을 다 잃어버린 것만 같은 참혹한 고통 속에서도 자신의 그림자를 대면하고 극복해 누구보다도 드라마틱한 영웅으로 변신한 것이다.

자신의 그림자와 화해한다는 것은 성장을 가로막는 가장 깊은 콤플렉스와 트라우마를 이해하고 극복한다는 것이다. 〈왕좌의 게임〉에서 가장 지적이고 매력이 넘치는 캐릭터인 난쟁이 티리온이야말로 바로 그림자의 달인이다. 그는 사람들이 자신을 조롱하기 전에 스스로를 먼저 놀림감으로 만들어버리며 사람들이 더 이상 공격하지 못하도록 방어해낸다. 그는 '난쟁이 농담'을 할 때조차 당차고 위엄이 넘치는 표정으로 보는 이를 압도한다. 티리온은 입으로는 자신이 난쟁이라는 사실을 폄하하지만, 눈으로는 '당신은 결코 나를 망가뜨릴 수 없다'는 진실을 말할 줄 안다.

그의 페르소나(타인의 시선에 노출된 인격)는 독설을 내뱉지만, 그의 행동은 늘 따스하며 올바르고 용감했다. 바로 이런 사람들이 그림자와 싸워 이겨낼 수 있는 용기를 지닌 마음의 전사다. 스타크 가문의 서자라는 출생의 굴레에 갇혀 평생 괴로워하던 존 스노우가 북부의 왕이 되는 것도, 아버지의 참혹한 처형 장면을 목격해 트라우마를 간직한 소녀 아리아가 가장 용감한 전사가 되어 백귀들의 수장인 '밤의 왕'을 처단하는 것도, 자신의 가장 아픈 그림자와 싸워 이긴 자만이 보여줄 수 있는 눈부신 정신의 승리를 증언한다.

나는 '철왕좌를 누가 차지하는가'보다 '누가 자신의 그림자와 싸워 가장 멋지게 승리하는가'를 알고 싶다. 그림자에 잡아먹히지 않고, 트라우마에 질식당하지 않고, 마침내 자신의 상처와 콤플렉스마저 승리의 자산으로 역전시키는 자만이, 상처로 얼룩진 무의식의 정글에서 자신을 구해낼 수 있다. 먼 훗날 〈왕좌의 게임〉을 떠올릴 때, 나는 이 파란만장한 대서사시를 마침내 그림자와 싸워 승리한 아름다운 영웅들의 이야기로 기억하고 싶다. 당신은 당신의 인생에서 부디 그림자의 챔피언이 되기를.

지친 마음을 치유하는 음식을 찾아서

최근 몇 년간 요리도 잘하고 유머러스하며 돈도 잘 버는 스타 셰프가 예능 프로그램의 빛나는 기대주가 됐다. 스타들의 냉장고에 숨어 있는 식재료만으로 창조적인 맛을 즉흥적으로 끌어내는 토크쇼가 대성공을 거두면서, 스타 셰프의 현란한 요리 솜씨를 안방에서 속속들이 엿보는 즐거움이 일상화됐다.

이런 프로그램을 재미있게 보면서도, '보통 사람들이 과연 저런 화려한 요리를 먹을 수 있는 기회가 얼마나 될까' 하는 의문이 든다. 미슐랭 스타를 비롯한 최고의 맛집 인증마크 또한 비현실적이기는 마찬가지다. 텔레비전에 나왔다는 이유로 대중의 이목을 끄는 음식점에 가보면, 우리가 기대했던 그 맛이 아닌 경우가 많다. 미디어에서 환상적으로 그려낸 눈으로 보이는 맛은 혀로 경험하는 맛과 현저히 다르기 때문이다.

미디어가 그려내는 맛과 우리가 실제로 경험하는 맛 사이에 차이가 격심해지면서 우리는 또 다른 소외감을 느낀다. 대부분의 사람이 매일 먹는 음식은 미슐랭 별점과도, 스타 셰프의 현란한 요리 솜씨와도 거리가 멀다. 수많은 사람은 매일 편의점에서 도시락이나 라면으로 끼니를 대충 해결하고, 배달 앱으로 간단한 요리를 주문하고, 단골식당에서 7,000~8,000원짜리 찌개를 먹는다. 미디어와 현실은 너무나 동떨어져 있는 것이 아닐까.

화면으로 보여주기 위한 환상적인 맛의 신기루에 피로를 느끼는 요즘, 정관 스님을 주인공으로 한 다큐멘터리 〈셰프의 테이블〉(데이비드 겔브 제작, 2017)을 보게 됐다. 사찰음식의 대가로 널리 알려진 정관 스님의 요리도 사실 비일상적인 요리에 속하긴 한다. 하지만 나는 어렸을 때 아버지 손을 붙잡고 따라간 절에서 얻어먹은 초파일 비빔밥의 맛을 잊지 못한다. 절에 가기만 하면 누구에게나 평등하게 나눠주는 그 '절밥'의 소박함엔 집밥과는 또 다른 짙은 향수가 배어 있다.

과연 정관 스님의 요리에는 스타 셰프들 특유의 현란한 자기과시가 전혀 없었다. 〈뉴욕 타임즈〉 기자 출신의 요리평론가 제프 고디너는 이렇게 말한다. 정관 스님의 요리에는 에고가 없다고. 인스타그램이나 TV 프로그램을 통해 자기 요리를 광고하려는 의지 자체가 없기에, 스님의 요리에는 오직 사람에 대한 관심, 맛에 대한 정성, 수행자로서의 깊은 깨달음만이 깃들어 있었다.

사람들은 경쟁이 창조성을 키워준다고 착각하지만, 정관 스님은 경쟁하지 않음으로써 진정한 창조성의 길이 열린다고 생각한다. '고기도 생선도 마늘도 파도 쓰지 못하는데 어떻게 맛을 내나' 하는 의문을 단번에 날려주는 정관 스님의 요리에는 상상을 초월하는 정성과 숭고함이 깃들어 있다. 이 아름다운 다큐멘터리의 첫 문장은 이렇게 시작된다. "나는 셰프가 아닙니다. 나는 수행자입니다."

정관 스님은 기계도 농약도 쓰지 않는 완전 자연농법을 실천하는 농부이기도 하다. 스님이 직접 재배하는 채소들에 벌레가 달려들기도 하고 잡초도 무성하게 자라지만, 스님은 벌레도 잡초도 생명의 일부임을 알기에 내쫓지 않는다. 벌레와 잡초들의 아우성 속에서 힘겹게 자라난 온갖 채소는 그 자체로 아름답고 완벽하기에.

나는 아직 스님의 요리를 직접 맛보지 못했지만, 정관 스님의 사찰음식을 진심으로 배우고 맛보고 싶어졌다. 빛나는 에고를 지향하는 음식이 아니라, 에고를 뛰어넘은 맛을 느껴보고 싶다. 더 멋진 나와 더 대단한 나를 향한 에고의 집착을 뛰어넘은 자리에서, 진정한 창조성을 경험하는 맛의 경지를, 아니 맛을 뛰어넘어 그 자체로 사랑과 정성과 깨달음이 되는 그런 요리를 나 또한 경험해보고 싶다.

스님에게는 요리가 경쟁의 장이 아니라 깨달음의 섬세함을 비유적으로 나타내는 일종의 예술작품이다. '나는 반드시 인정받아야 한다'는 에고의 집착을 버린 요리, 단지 맛으로 승부하는 음식이 아니라 타인의 아픈 마음을 치유하는 스님의 요리에는 비싼 재료도 조미료도 들어가지 않지만, 인간과 세상을 향한 무구한 사랑과 자비가 깃들어 있다. 단지 당신을 기쁘게 할 수만 있다면 그것으로 족한 요리, 그곳에 진정한 맛의 비밀이 담겨 있다.

상처 입은 내면아이를 위로하는 따스함

우리 안에는 죽을 때까지 좀처럼 자라지 않는 내면아이가 살고 있다. 이 내면아이는 피터팬처럼 영원한 순수를 간직한 사랑스러운 모습이기도 하고, 상처 입은 채 하염없이 눈물 흘리지만 도와달라는 외침조차 안으로만 삼키는 안타까운 모습이기도 하다.

내면아이는 빛과 그림자를 모두 품고 있다. 내면아이의 빛은 자기 안의 눈부신 재능과 잠재력, 무엇이든 다 표현할 수 있을 것 같은 풍요로운 감수성 같은 것들이다. 피터팬처럼 영원히 철들지 않고 누구의 눈치도 볼 필요가 없는 해맑은 순수가 내면아이의 빛이다. 이 빛을 세상 밖으로 끌어내어 마음껏 펼치는 사람이 행복의 열쇠를 쥐고 있다.

내면아이의 그림자는 차별이나 학대, 폭력과 따돌림 같은 트라우마로 얼룩진 슬픔과 어둠의 보물창고다. 이 슬픔은 버려야 할 것이 아니라 그 자체로 소중한 나 자신의 일부다. 이 그림자의 존재가 우리를 오히려 더 인간적으로 만드는 측면임과 동시에 내면아이의 빛을 끌어내지 못하는 장벽이 되기도 한다. 내면아이의 그림자는 빛을 끌어내기 위해서는 통과해야만 하는 마음의 장벽이 되기도 하는 것이다.

'저 사람은 참 구김살이 없어서 좋다'고 느낄 때, 우리는 그 사람의 내면아이가 지닌 해맑은 순수를 바라보고 있는 것이다. '저 사람은 어린 시절에 무슨 상처를 입었길래 저토록 슬퍼 보일까'라는 생각이 들 때, 우리는 그 사람의 내면아이가 지닌 아픈 그림자에 귀 기울이고 있는 것이다. 우리 안의 내면아이를 위로할 수 있는 최고의 지지자는 바로 우리 자신의 성숙한 측면, 즉 성인자아다.

성인자아는 스스로의 마음이 움직이는 소리에 더 잘 귀 기울일 때, 마음의 온갖 천변만화한 움직임에 민감하게 주의를 집중할 때, 더욱 활성화된다. 성인자아는 감동적인 책을 읽을 때마다, 더 깊고 성숙한 마음으로 누군가를 사랑할 때마다, 무럭무럭 자란다. 내면아이가 영원히 철들지 않는 순수라는 매력을 가지고 있다면, 성인자아는 거의 무한대에 가까운 성장과 성숙의 가능성을 지니고 있다는 점에서 인간 정신의 위대함을 증언하는 심리적 실체이기도 하다.

헤르만 헤세Hermann Hesse의 소설 《데미안》(1919)의 주인공 싱클레어의 어린 시절 모습이 바로 내면아이의 전형이고, 모든 것을 다 알고 모든 것을 다 해낼 수 있을 것만 같은 위대한 현자의 모습을 보여주는 데미안이 바로 성인자아의 이상적인 모델이다. 싱클레어로 하여금 자기 안의 내면아이가 지닌 두려움과 불안을 떨쳐내게 해주는 것은 바로 싱클레어 안에 있는 데미안의 가능성, 즉 성인자아의 무한한 잠재력이다.

나는 《데미안》을 읽으며 행복한 예감에 휩싸인다. 언젠가는 데미안처럼 나 자신은 물론 주변 사람들까지 치유하고 성장하게 해줄 수 있는 힘을 갖게 되리라는 아름다운 예감. 그 상서로운 예감이야말로 나의 내면아이를 때로는 다독이고 때로는 힘차게 일으켜세워 더 성숙한 세계로 이끄는 내적 동력이 된다.

상처 입은 내면아이 속에는 온갖 억울함과 안타까움으로 중무장한 채 한 번도 제대로 소리쳐 울어보지 못한 또 하나의 내가 숨겨져 있다. 내면아이에 대한 강의를 할 때마다 자주 받는 질문은 '우리 안에 상처 입은 내면아이를 어떻게 위로하냐'는 것이다. 그 첫 번째 출발은 성인자아가 내면아이에게 먼저 다가가 안부를 물어보는 것이다. 아이 때 부르던 이름이나 별명으로 자신을 불러보는 것이다.

나는 어린 시절 걸핏하면 눈물샘이 터져서 수도꼭지라고 불린 적이 있다. 그땐 그 별명이 너무 싫었지만, 지금은 정겨운 목소리로 그 이름을 불러본다. 걸핏하면 눈물샘이 폭발하던 아이, 수도꼭지야, 잘 있니? 혹시 오늘도 남몰래 펑펑 울고 있거나, 누군가의 위로가 필요한 건 아니니? 이렇게 내면아이의 안부를 다정하게 물어봐주고, 그 아이의 외로운 등짝을 다독여줄 때, 내면아이는 자기 안의 빛과 그림자를 끌어낼 준비를 시작한다.

빛만 선택하는 것이 아니라 그림자까지 함께 받아들일 때, 우리 안의 전체성은 눈을 뜨기 시작한다. 자기 안의 전체성을 통합해 더 나은 자기로 만들어가는 과정이 바로 개성화다. 내면아이의 그림자도 빛만큼이나 소중하다. 나는 나의 내면아이에게 이렇게 속삭이며 나를 다독이곤 한다. 네가 가진 콤플렉스나 트라우마들이 언젠가는 너의 빛, 너의 잠재력, 너의 재능으로 꽃피우고 승화할 거라고. 예민한 성격, 내성적인 성격이 언젠가는 아름다운 계기를 만나 반드시 재능으로 발휘될 거라고. 지금은 외롭지만 언젠가는 너에게도, 감당하기 어려울 만큼 따스하고 지혜로운, 진정한 친구가 생길 거라고.

어느 프리랜서의 우울감 치유법

프리랜서로 살다 보면 어떤 특별한 이유도 공지받지 못한 채 일감이 끊어질 때가 있다. 그럴 때마다 서늘한 소외감을 느낀다. 내가 왜 추방당하는지 모르는 상태에서 추방을 당할 때마다 내 존재의 기둥이 하나씩 무너지는 기분이었다. 내가 직장이 없기 때문에, 여자이기 때문에, 또는 내 의견을 굽힐 줄을 몰라서 추방되는 듯한 느낌 때문에 나도 모르게 눈물이 흐를 때가 있다. 깊은 애정을 가지고 참여했던 일이나 조직에서 추방당할 때마다 나는 프리랜서의 고립감을 느꼈다. 일에 대한 내 깊은 애정을 철회할 때마다 내 팔다리가 하나씩 잘려나가는 느낌으로 괴로웠다.

어떤 사람은 "글이나 쓰고 여행이나 다닐 수 있는 네 팔자가 부럽다"는 취지의 이야기를 하며 내 상처에 소금을 뿌린다. 나는 글이나 쓰는 것이 아니라, 글을 쓸 때마다 내 인생을 걷고 있다. 여행이나 다닐 수 있는 것이 아니라 여행을 통해 글쓰기의 소중한 재료를 얻기 위한 몸부림을 멈추지 않는다. 사실은 나도 취직을 하고 싶었지만, 매번 면접에서 떨어졌다. '당신은 이미 작가로 살고 있지 않습니까'라는 질문이 곧 면접에서 떨어지는 계기였다. 글을 쓰고 있다는 사실, 작가로서의 내 삶이 따로 있다는 것이 취직의 결격사유였다. 하지만 정작 나는 언제 어떻게 될지 모르는 내 불안한 인생 때문에 매일 불안에 떤다. 그런데 직장에 다니는 친구들도 하나같이 '불안하다'라는 말을 입에 달고 산다는 것을 알게 되었다. 인간의 삶 자체가 본래 불안하고, 현대사회의 노동환경 자체가 불안하다는 더 큰 틀의 진실을 성숙하게 인정해야만 했다.

내가 느끼는 이 항시적인 불안을 프리랜서의 특수한 고통이 아닌 삶 자체의 고난으로 진심으로 받아들이자 놀라운 변화가 찾아왔다. 나는 언제 이 일감을 놓칠지 모르니 매 순간 최선을 다해야 함을 온몸으로 느끼기 시작했다. 순간순간 최고의 열정을 쏟아붓는 것은 너무도 어려운 일이지만, 숨 막히게 아름다운 일이기도 하다. 나의 진심과 나의 최선이 언젠가는 나와 전혀 친하지 않은 타인에게도 반드시 전해졌다. 일을 넘어 타인과의 따스한 관계 맺기를 위해 최선을 다하고, 그것이 내가 진정으로 원하는 내 삶의 길과 일치될 수 있도록 최선을 다해야겠다는 마음가짐이 나를 바꾸었다.

얼마 전에는 내 책의 독자가 이메일을 통해 내게 SOS를 청해왔다. "작가님, 저는 직장에서의 감정노동이 너무 힘들어요. 저는 사회생활에 소질이 없어요. 그냥 선생님 문하생으로 있으면서 글쓰기만 배우면 안 될까요? 저를 문하생으로 받아주시면 안 될까요?" 그러나 이런 도피책은 문제를 해결하는 진정한 치유법이 아니다. 세상 어디서도 인간관계를 완전히 피할 도리는 없기 때문이다. 작가에게도 사회생활이 필요하다. 좋은 작가가 되기 위해서는 편집자와 독자들을 비롯한 다양한 인간관계 속에서 늘 더 좋은 사람이 되기 위해 노력해야 한다. 이곳에서 견디지 못하는 고민을 다른 곳에서 해결하려고 하는 도피책은 올바른 해결책이 아니다. 우선 내가 있는 곳에서 최선을 다하고, 내가 있는 곳에서 나의 문제를 최대한 직면한 뒤, 또 다른 장소에서 새로운 실험을 해도 늦지 않다.

프리랜서로 산다는 것은 결코 쉬운 일이 아니다. 한정된 공간에서의 조직생활을 피할 수는 있지만, 더 커다란 의미의 사회생활을 피할 수는 없다. 더 나은 일감을 찾기 위해, 그 어디에도 안주하지 않고 매일 새로운 나 자신이 되기 위해, 남들보다 더 치열하게 분투해야 한다. '다음에, 다른 일자리에서 더 잘해야지'가 아니라 '지금 이 한정된 상황에서, 나의 최선을 끌어올릴 수 있다'는 믿음으로, 내 꿈의 씨앗을 뿌리고, 내 꿈의 열매가 맺힐 때까지 포기하지 말고 그 자리를 지켜나가야 한다. 나는 매일 조금씩 더 나은 나, 더 깊고 향기로운 나 자신이 되고 싶다. 조직에서 버려질까 봐 두려워하기보다는, 후회 없이 이 순간의 일에 최선을 다하고 미련 없이 언제든 떠날 수 있는 자유를 사랑하는 것, 그것이 프리랜서의 삶이 내게 가르쳐준 용기의 본질이다.

감사 일기,
치유의 새로운 시작

내성적인 성격의 단점은 무엇일까. 타인과 관계 맺기의 어려움이 그 첫 번째 장애물이다. 하지만 나의 경우에는 타인과의 관계 맺기보다도 나 자신과의 관계 맺기가 더 어려웠다. 나는 '내향성을 극복해야 한다'는 강박 때문에 어느 정도 사교적인 성격을 만들어냈다. 내성적인 성격을 극복하기 위해 힘겹게 연기력을 쌓은 나는, 사회생활을 할 때는 외향적인 페르소나를 연기했다. 좀 더 명랑하고 쾌활한 나 자신의 모습을 최대한 꺼내 보여 주변 사람들을 재미있게 해주고 싶었다. 적어도 분위기는 썰렁하게 만들지 말아야지, 남들에게 피해를 주지 말아야지, 이런 생각을 하며 술자리를 견딜 때가 많았다. 하지만 집에 돌아와 편안한 옷으로 갈아입고 침대에 누워 하루를 돌아보면, 말할 수 없는 쓸쓸함과 공허함이 밀려오곤 했다. 불 꺼진 방 안에서 가만히 눈을 감아보면 '너 자신에게만은 애써 명랑한 척 하지마!'라는 내면의 목소리가 들렸다. 그런데 나는 내 솔직한 감정을 나 자신에게도 털어놓지 못했다.

인간관계로 힘들 때마다 오직 일로 도피처를 마련했고, 일에 빠져 있는 내 모습을 보면 사람들은 내가 무척 잘 지내고 있다고 생각했다. 심지어 행복해 보이기까지 한다고들 말한다. 하지만 일에만 빠져 있는 순간의 나는 가장 불행하고 고통스러울 때가 많았다. 고통으로부터 도피하기 위해 노동이라는 피난처를 찾은 것이었다. 사랑과 우정과 노동이 함께할 수 있을 때만 나는 진정으로 행복할 수 있었다. 그러나 그런 행운이 찾아오는 순간은 극히 드물었다. 내성적인 성격을 지닌 나의 가장 뼈아픈 후회는 '내가 나 자신에게도 적극적으로 다가가지 못했구나' '나 자신에게도 솔직하지 못했구나'라는 깨달음이었다. 나는 나 자신에게도 수줍고 내성적이고 사교적이지 못했다는 깨달음. 나는 아플 때조차도 아프다고 생각하기보다는 '이겨내야 해'라는 자기암시를 주었고, 슬플 때조차도 슬프다고 솔직하게 인정하기보다는 '슬픔 따윈 치워버려야 해'라는 강박적인 메시지를 나 자신에게 보냈다.

그러나 억압된 감정은 반드시 귀환한다. 다른 형태로, 다른 빛깔로, 더 커다란 아픔으로. 나는 나 자신의 진짜 아픔과 대면하는 것이 두려웠다. 머리카락에 불이 붙은 사람이 간절하게 연못을 찾는 심정으로, 내 아픔을 극복하기 위해 심리학을 공부하면서 나는 그 아픔들과 친밀해지는 법을 배웠다. 나에게 이런 트라우마가 있었구나, 나에게 이런 열등감이 있었구나, 이런 질투심이 나를 휘감았던 거구나, 이런 분노가 나를 질식시키고 있었구나. 그런 부정적인 감정들을 하나하나 되새겨보니 내가 회피하려고만 했던 나의 감정, 나의 콤플렉스, 나의 트라우마가 내 상상만큼 그렇게 무섭거나 두렵지 않다는 것도 알게 되었다. 나는 콤플렉스와 대화함으로써 내 결핍과 화해하고 싶었고, 트라우마와 화해함으로써 더 높은 이상을 향해 날아오르고 싶었다. 상처와의 대면은 고통만을 가져다주는 것이 아니라 고통과의 친밀감도 안겨준다. 상처와의 대면은 언젠가 내 고통을 반드시 이겨낼 수 있다는 희망도 함께 가져다준다.

치유적인 글쓰기는 일상의 소박한 순간 속에서 감사와 행복의 계기를 찾아내는 힘이 되어준다. 나는 요즘 감사 일기를 쓰기 시작했다. 나 자신에게조차 수줍은 이 극도로 내성적인 사람이 아주 작은 일에도 감사하는 글쓰기를 시작했다는 것이 솔직히 부끄럽지만, 하루하루 정말 뿌듯하다. 예를 들어 인문학 강연에서 독자가 나에게 전해준 정성스러운 손 편지를 만지작거리며 작가로 산다는 것이 얼마나 축복받은 일인지를 써본다. 내가 답장을 쓰고 싶어도 일부러 주소를 적지 않은 독자의 배려 때문에, 나는 그분께 쓰지 못한 감사 인사를 나의 감사 일기에 적어둔다. 오래 전 연락이 끊긴 친구에게 반가운 메시지가 오면, 지금 당장 만날 수는 없어도 그가 나에게 연락을 해주었다는 것만으로도 뭉클해진 그 마음에 대한 글을 쓴다. 스케줄이 빽빽한 날에는 모든 강의와 원고를 무사히 마친 나 자신의 건강함과 꺼지지 않은 열정에 감사해보기도 한다. 감사 일기를 쓴지는 한 달도 안 되었는데, 감사 일기의 분량은 엄청나다. 치유적 글쓰기란 이런 것이다. 하루하루 감사할 일이 늘어나는 것, 하루하루 나를 둘러싼 이 세상의 더 크고 깊은 사랑을 깨닫는 것, 그리하여 나의 트라우마는 매일매일 더 말랑말랑해지고, 상대해볼 만한 적수가 되며, 마침내 세상에서 가장 친밀한 내 안의 친구가 된다. 트라우마는 결코 나를 무너뜨리지 못한다. 우리는 트라우마보다 강인하다. 내 안의 다정함, 내 안의 따스함이 깃든 모든 장소에서, 나는 감사의 이유와 치유의 기적을 발견한다.

서른이 넘도록
아직 꿈을 찾는 당신에게

한국인의 마음속에는 '꿈=성공'이라는 무언의 등식이 각인되어 있다. 어떻게 꿈꾸다라는 아름다운 동사가 곧장 성공이라는 지극히 편협하고 고정된 목적어와 동급이 되어가는 것일까. '당신의 꿈은 무엇입니까'라는 질문 속에는 '당신은 도대체 무엇을 통해 성공하고 싶습니까'라는 뉘앙스가 묻어 있다. 하지만 꿈은 본래 그렇게 평면적이고 단순한 것이 아니다. 일장춘몽일지라도, 꿈을 꿀 수 있는 사람은 편견이나 매너리즘에 갇히지 않는다. 아직 꿈을 꿀 수 있는 사람은 먹고사니즘의 덫에 걸려 스스로의 가능성을 마비시키지 않는다.

어니스트 헤밍웨이Ernest Hemingway의 《노인과 바다》(1952)는 진정한 꿈은 결코 성공이나 직업에 국한되는 것이 아님을 아름답게 증언하는 대표적인 문학작품이다. 산티아고 노인의 원래 꿈은 최고의 월척을 낚아 아직 자신이 건재함을 온 마을 사람에게 보여주는 것이었다. 자타가 공인하는 최고의 어부였던 그는 사실 과거에 꿈을 이미 이뤘던 사람이다. 문제는 그 명성을 노인이 돼서도 유지하는 거였는데, 산티아고 노인은 행복한 노년을 보내는 데는 실패했다.

그는 형편없이 가난해졌으며 끼니조차 이웃 소년의 힘을 빌려야 하는 처량한 처지가 되고 말았다. 그런데 천신만고 끝에 한평생 잡아본 물고기 중 가장 거대하고 아름다운 청새치를 잡는 순간, 즉 꿈을 이룬 순간부터 거침없는 내리막길이 시작된다. 드디어 꿈을 이룬 줄 알았는데, 꿈을 이룬 순간 꿈의 결과물을 사수해야 하는 더욱 무시무시한 미션이 시작된 것이다.

엄청난 괴력을 지닌 청새치를 잡는 것도 목숨을 건 일이었지만, 몰려드는 상어 떼로부터 청새치를 지켜내는 것은 이미 진을 다 빼버린 산티아고 노인에게는 생명을 위협하는 위험천만한 일이었다. 하지만 뼈만 남은 청새치의 잔해를 배에 묶은 채 마을로 돌아온 다음 날, 사람들은 드디어 산티아고 노인의 위대함을 알아보기 시작한다. 마을 어부들은 뼈의 길이를 가늠해보는 것만으로도 산티아고 노인이 겪은 간난신고를 충분히 상상할 수 있었던 것이다.

산티아고 노인은 젊었을 때 자주 꿨던 사자 꿈을 다시 꾸기 시작한다. 눈부신 갈기를 휘날리며 푸르른 초원을 달리는 사자 꿈을 다시 꾸는 것, 그것은 아직 그에게도 새로운 가능성이 남아 있음을 발견하는 일이었다. 거대한 청새치를 잡을 수 없어도, 아직 그가 사자 꿈을 꿀 수 있다는 것은 그의 무의식이 여전히 무언가를 새로 시작할 용기를 발견했음을 의미했다.

당신이 서른이 넘었는데 아직 꿈을 찾고 있다면, 그것은 결코 뒤늦은 감정의 사치가 아니다. 그것은 아직 당신이 새로운 삶의 찬란한 가능성을 포기하지 않았다는, 아름다운 내면의 신호탄이다. 나는 서른이 넘어서야 내가 진짜로 하고 싶은 일을 깨달았다. 그전에는 직업이나 직장을 가져야만 진짜 어른이 될 수 있다고 생각했기에 진정한 꿈이 '작가'라는 것을 깨닫지 못했다. 서른이 넘어서야 내 꿈을 깨달았지만 결코 늦은 것이 아니었다.

꿈을 이루기 위해 필요한 것은 야망이나 적극성이 아니라, 완연한 때가 무르익기를 기다리는 몸짓이다. 나는 남들보다 대학을 1년 더 다니며 오히려 철이 들었다. 박사과정을 남들보다 늦게 시작하고, 논문도 남들보다 엄청나게 늦게 쓰면서 오히려 더욱 성숙해졌다. 때가 무르익기를 기다림은 결코 남들에게 뒤떨어지는 것이 아니었다.

당신이 늦은 나이에도 불구하고 아직 꿈을 꿀 수 있다면, 그것은 결코 남들에게 뒤지는 것이 아니라 자신을 매번 새로이 발견할 용기를 잃지 않은 것이다. 서른이 넘도록, 심지어 여든이 넘어서도, 아직 매 순간 새로운 꿈을 꿀 수 있는 사람, 그런 사람이야말로 다른 삶을 살 수 있다는 가능성을 평생 열어놓을 줄 아는 지혜롭고 용감한 존재가 아닐까.

제자의 인생을 바꾸는 스승의 언어

잠깐 듣는 것만으로 마음의 불안이 씻겨 내려가는 듯한 아름다운 문장들이 있다. '걱정 붙들어매세요' '걱정일랑 마소' '걱정말랑께' 같은, 상대방이 홀로 괴로워할 모든 시간을 미루어 짐작하는 사려 깊은 마음이 담긴 말들이다. 고교 시절 나는 어딘가 예측 불가능한 느낌을 강하게 풍기는, 이해할 수 없는 아이였다. 성적도 들쑥날쑥하고, 감정 기복도 롤러코스터 못지않고, 고민이 있어도 누구에게도 말하지 않았다.

최하위권과 최상위권을 자유자재로 번갈아 오르내리는 나의 성적을 누구도 이해하지 못했다. 전교생 학부모가 모인 입시설명회에서 수학선생님은 '우리 학교에는 정말 이해할 수 없는 성적 분포를 보이는 학생이 있습니다'라며 최악의 사례로 나를 지목했을 정도였다. 그런데 그 똑같은 성적표를 마주하고도, 고3 때 담임선생님은 우리 어머니께 놀라운 이야기를 들려주셨다. “여울인 걱정할 거 전혀 없어요. 어딜 가든 잘 해낼 거예요.” 불안해하는 학부모를 위로하기 위한 교사의 인간적 배려일 수도 있지만, 나로서는 태어나서 처음 들어보는 따스한 칭찬이었다.

고3 때 성적은 그야말로 누구도 예측 불가능한 수직상승과 자유낙하를 반복했지만, 이상하게 그때 내 마음속에는 담임선생님의 든든한 칭찬이 피아노의 ‘도’ 음처럼 안정적으로 자리하고 있었다. ‘도레미파솔라시도’로 불안하게 마음이 요동칠 때마다, 나는 다시 ‘도=걱정마세요’라는 기준점을 찾는 느낌이었다. ‘이 아이의 성적은 정말 입시 지도 자체가 불가능할 정도’라고 선언했던 수학선생님의 말은 독화살처럼 아프게 가슴을 찔렀지만, 똑같은 성적을 보고도 ‘여울인 걱정할 거 전혀 없어요’라고 말씀해주신 담임선생님의 말은 만병통치약처럼 그 모든 상처를 치유해줬다.

마음속에 각인된 말의 힘은 어마어마하다. 때로는 무시무시한 흉기가 되어 폐부를 찌르기도 하고, 때로는 보이지 않는 안락의자처럼 언제 어디서나 마음을 편안하게 해준다. 수학선생님은 점수만 보고 내 예측 불가능성에 초점을 맞췄지만, 담임선생님은 수치와는 상관없이 나라는 아이의 보이지 않는 전체성을 꿰뚫어보려 했던 것이 아닐까.

그 사람의 부분만을 알지만, 그 사람의 전체를 미루어 짐작하는 것은 훌륭한 교육자의 필수 덕목이다. 존 윌리엄스John Williams의 소설《스토너》(알에이치코리아, 2015)에서는 누구의 눈에도 띄지 않는 평범한 학생에게서 위대한 교육자의 싹을 발견해내는 슬론 교수의 날카로운 지성이 반짝인다. 영문과 교수 슬론은 학부생 스토너의 서류와 성적표를 바라보며 스토너에게 묻는다. 기록에 따르면 자네는 농촌 출신일 텐데, 그렇다면 학업을 마치고 나서 고향으로 돌아갈 생각이냐고. 이런 질문을 받자 스토너는 반사적으로 대답한다. 아니라고. 고향에 돌아가지 않을 것이라고.

스토너 자신도 스스로의 확신에 놀란다. 아버지가 어려운 형편을 무릅쓰고 아들을 대학에 보낸 것은 최첨단 농업기술을 배워오길 기대했기 때문인데, 스토너는 아버지 몰래 전공을 영문학으로 바꾸고 싶었다. 슬론은 아무도 눈여겨보지 않던 농사꾼의 아들 스토너가 문학에 재능이 있다는 것을 알아채고 그를 따로 불러 진로상담을 해준 것이다. 스토너는 문학에 뛰어난 재능을 보이지만, 자신조차 스스로의 재능을 모르고 있었다.

슬론은 스토너를 칭찬하며 이렇게 말한다. 졸업하고 조금 더 견디면, 석사과정을 잘 끝낼 수 있다고. 강의를 하면서 박사과정을 밟으면 된다고. 스토너는 한 번도 구체적으로 상상해본 적 없던 자신의 막연한 미래를 마치 손에 잡힐 듯 생생하게 그려내는 슬론의 통찰력에 깜짝 놀란다. 슬론은 스토너를 바라보며 자네는 교육자가 될 재목이라고, 그걸 아직도 모르고 있냐고 반문한다. 스토너는 깜짝 놀라 정신을 차리지 못한다. 교수님은 도대체 그걸 어떻게 아시냐고 질문한다. 그러자 슬론이 미소 지으며 말한다. 그건 사랑이라고. 자네는 문학과 사랑에 빠진 거라고. 스토너는 형언할 수 없는 감동과 충격에 휩싸인다. 스토너의 멈출 수 없는 사랑은 영문학에 대한 순수한 열정이었던 것이다.

자신의 열정과 재능을 어떻게 표현해야 하는지도 모르는 학생에게, '넌 여기에 재능이 있고, 반드시 이걸 해낼 수 있다'고 말해주는 사람. 그가 진정한 스승 아닐까. 학생이 보여주는 부분적 가능성을 통해 눈에 보이지 않는 전체성을 그려내는 투시력과 혜안, 그것이야말로 우리 시대에 필요한 아름다운 스승의 덕목이 아닐까.

만나지 않아도 가르침을 주는 멘토

세상에는 굳이 만나지 않아도 저절로 가르침을 주는 스승이 있다. 살아가는 모습 자체가 영혼의 나침반이 되어주는 사람들. 내게는 그런 스승이 두 명 있다. 학연과 지연이 아닌 오직 마음의 화살표가 가리키는 바로 그 자리에 든든한 거목처럼 서 계시는 분들이다.

첫 번째 스승은 문학평론가 황광수 선생님이다. 우리 사이에는 무려 30여 년의 나이 차이가 있지만, 나는 한 번도 그런 세대 차이를 느껴본 적이 없다. 나는 선생님께 어처구니없는 농담도 스스럼없이 던지고, 가족에게도 말 못 한 비밀스러운 아픔을 말하기도 했다. 선생님 앞에서는 여자와 남자의 차이, 한국전쟁을 겪은 사람과 겪지 못한 사람의 차이마저 사라져버린다. 선생님과 나는 얼마 전부터 향연이라는 테마로 세미나를 하고 있는데, 이건 '둘이서도 향연이 가능하다, 공부에 대한 뜨거운 열정만 있다면!'이라는 나의 뻔뻔한 자신감에서 기획된 작은 세미나다.

우리는 몇 년이 걸리더라도 이 두 사람의 향연을 마칠 마음의 준비가 되어 있다. 플라톤Platon의 《향연》으로부터 시작해 헤르만 헤세의 《데미안》에 이르기까지, 고전의 숲을 오래오래 함께 걸어볼 작정이었다. 소크라테스Socrates와 그의 제자들처럼 성대한 연회를 베풀 수는 없지만, 둘이서 커피와 함께 달콤한 마카롱을 곁들여 먹으며 '이게 바로 지금 이 순간 우리가 실천할 수 있는 향연의 아름다움이구나' 하고 감탄하곤 한다.

그런데 얼마 전 선생님께서 큰 수술을 받으셔서 몇 달간 세미나가 중단됐다. 말할 수 없는 상실감을 느꼈지만, 그 아픔을 누구에게도 말하지 못했다. 내가 너무 슬퍼하고 걱정하면 선생님이 더 아파하실 것을 알기 때문이다. 고된 수술을 마친 선생님이 내게 전화를 하셨다. 너무 고통스러운 순간에는 우리의 향연을 생각하셨다고. 살아남아서 여울이와 꼭 마쳐야 할 일이 있으니까 힘을 내셨다고.

나는 내 흐느낌 소리가 수화기 너머로 넘어가지 않도록 신경 썼지만, 선생님은 내게 이 둘만의 향연이 얼마나 소중한 의미를 지녔는지 아셨을 것 같다. 나는 이제 안다. 선생님을 만나지 못할 때도 늘 선생님의 말과 글이 보이지 않는 수호천사처럼 내 곁에서 나를 지켜준다는 것을.

두 번째 스승은 얼마 전에 작고하신 문학평론가 김윤식 선생님이다. 선생님은 나를 기억하지 못할 것이다. 세상은 문학평론가를 인기 있는 직업으로 생각하지 않지만, 세상에서 가장 멋진 직업은 문학평론가라는 믿음을 내게 처음으로 심어주신 분이 바로 김윤식 선생님이다. 선생님은 아플 때나 괴로울 때나 늘 '최고의 이론으로 최신의 문학작품을 분석한다'는 스스로 정한 생의 원칙을 벗어나지 않으셨다. 선생님으로부터 배웠다. 공부는 남에게 과시하기 위한 업적이 아니며, 생을 걸고 모든 것을 바쳐도 될까 말까 하는 무섭도록 정직한 과업임을.

선생님이 돌아가셨을 때 미국에 있어 조문을 할 수 없었지만, 나는 마지막 길을 배웅하지 못한 대신 선생님의 모든 수업과 거의 외우다시피 했던 선생님의 책들을 맹렬히 회상했다. 다른 제자들처럼 스스럼없이 다가가지 못한 나의 소심함조차 선생님은 이해해주실 거라 믿으며. 배움이란 스승과의 친밀도로 결정되는 것이 아니라 그의 가르침을 얼마나 삶 속에서 실천하는가로 판가름하는 것이니까.

두 분의 삶의 빛깔은 너무도 다르지만, 나는 생의 어둠 속에서 막다른 골목에 다다랐을 때 이분들의 삶과 글과 눈빛을 생각한다. 사회적 필요가 아니라 내 영혼의 목마름이 불러낸 마음의 스승들이 뿜어내는 형형한 눈빛을 생각하며, 오늘도 책을 펴고, 아름다운 글에 밑줄을 긋고, 행간의 여백에 감동과 배움의 흔적을 또박또박 쓰고 또 쓴다.

4.

슬픔에 빠진 나를
가장 따스하게 안아주기

진정한 나 자신을 찾는 길 위에서
뛰어넘어야 할 최고 난이도의 관문
그것은 바로 내 슬픔의 뿌리를 직시하는 것이다

글쓰기 선생,
상처 입은 치유자가 되다

대학에서 글쓰기를 가르치는 내 모습은 작가라기보다는 상담 선생님에 가깝다. 작가이기 때문에 글쓰기를 가르칠 수 있게 됐지만, 혼자 글을 쓰는 외로운 창작자가 아닌 학생들의 모든 고민을 들어주는 다정한 상담사가 되어야만 그들 마음 깊숙이 잠자고 있는 창조성의 황금알을 꺼낼 수 있기 때문이다.

처음에 학생들은 '휴대폰을 멀리하고 오직 종이와 펜으로만 글을 써보자'는 내 제안을 낯설어했다. "맞춤법이 헷갈려서요, 휴대폰으로 잠깐 검색해보면 안 될까요?"라고 질문하며, 어떻게든 휴대폰을 놓지 않으려는 학생도 있었다. 난감한 표정을 숨기지 못하며 키보드를 그리워하는 아이도 많다.

그러나 한 달쯤 지나면 종이 위에 또박또박 글을 쓰는 아이들의 표정은 눈에 띄게 진지해지고, 매 시간 철저한 일대일 멘토링을 해주면서 감정과 체력의 한계를 느끼던 나 또한 학생들에 대한 애정이 깊어져 더 이상 힘든 줄도 모르게 되었다. 글쓰기는 배우는 사람과 가르치는 사람 모두를 마음 깊은 곳에서부터 속속들이 바꿔내는 마음의 연금술이 아닐까.

내가 글쓰기 수업에서 가장 자주 주문하는 것은 스스로에게 정직해지기다. 타인의 시선에 비친 자신의 이미지를 끊임없이 신경 쓰는 마음의 습관을 멈추고, 글을 쓰는 이 순간만은 세상에 종이와 펜, 그리고 나만 있다고 생각해보자는 것이다. 마음을 고백할 곳이 지금 이 순간 이 종이 위밖에 없다면, 스스로에게 더없이 솔직해질 수 있지 않을까.

스스로에게 정직해지는 최고의 계기는 상처를 표현하는 글쓰기다. 나는 '여러분의 상처야말로 최고의 글쓰기 재료'라고 가르치지만, 아이들은 나를 원망스러운 표정으로 쳐다본다. 상처를 기억하는 것만으로도 힘든데, 상처로 글을 쓰라니. 얼마 전 '나의 아킬레스건'이라는 주제로 글을 쓰자고 했더니, 몇몇 아이가 반기를 들었다.

자신의 아킬레스건을 공개하기 싫다는 아이들의 심정을 나 또한 잘 안다. 첫 번째 아킬레스건이 아니어도 좋으니, 단점이나 결점 중에서 글로 쓰고 싶은 것이 있다면 아무리 사소한 것이라도 좋다고 이야기했다. 나는 내가 직접 쓴 글을 보여주며 아이들을 설득했다. 상처를 끄집어낼 때마다 부끄럽고 아프지만, 나는 상처를 글로 표현할 때마다 조금씩 성장해왔다고.

상처가 남김없이 치유되어 완벽하게 건강한 사람만이 타인을 치유할 수 있는 게 아니다. 회복해가고 있다는 사실, 아직 아프고 힘들지라도 분명 조금씩 나아지고 있다는 감각을 함께 공유하는 과정에서 우리는 더불어 치유된다.

얼마 전에는 학생들에게 내 고민을 말했다. 다정하고 친절한 교사가 되어야 할지, 혹독하고 냉철한 교사가 되어야 할지 고민될 때가 많다고. 사실 따뜻하고 듣기 좋은 말, 칭찬하고 다독이는 말을 하기가 훨씬 쉽다. 하지만 나는 법을 가르치기 위해 새끼를 벼랑으로 모는 어미 새처럼, 그렇게 여러분을 아주 높은 곳에서 떨어뜨려야 할 때가 있다고. 벼랑 위에서 떨어지는 순간은 무섭지만, 여러분에게는 분명 날개가 있으므로, 그 날개를 펼치기만 하면 된다고. 가끔은 내가 제 새끼를 벼랑으로 밀어버리는 어미 새처럼 여러분에게 가슴 아픈 말을 할 수도 있지만, 그건 네 안의 날개를 반드시 펼치게 하려는 내 의지이지 결코 여러분을 아프게 하기 위해서가 아니라고.

그 순간 학생들의 눈망울이 초롱초롱해졌다. 우리는 천천히 자신의 상처와 가까워지며, 비로소 상처를 극복하고 마침내 저 하늘 높이 날아오를 마음의 날개를 펼치고 있다.

나는 상처 입은 치유자가 되고 싶다. 상처 입어 피눈물 흘리며 아무것도 할 수 없는 피해자가 아니라, 마침내 트라우마의 흉터보다 더 아름다운 꽃을 피워내는, 끝내 자신뿐 아니라 타인의 마음 또한 어루만지는 다정하고 사려 깊은 치유자가 되고 싶다.

일대일 소통만이 해낼 수 있는 것

이 일을 해내면, 이 장애물만 뛰어넘으면, 모든 것이 괜찮아질 것만 같은 순간이 있다. 그런데 그 장애물을 뛰어넘기가 싫다. 왠지 거부하고 싶다. 진정한 나 자신을 찾는 길 위에서 뛰어넘어야 할 최고 난이도의 관문, 그것은 바로 내 슬픔의 뿌리를 직시하는 것이다. 때로는 타인에게 내 아픔의 뿌리를 털어놓고, 치유의 가능성을 함께 탐색하는 작업이 필요한 순간도 있다.

물론 아픔을 숨김없이 털어놓는다는 건 결코 쉬운 일이 아니다. 상담치료를 받는 환자들이 일부러 약속시간을 안 지킨다든지, 괜스레 상담실의 인테리어나 오는 길의 교통체증을 문제 삼는다든지, 자신을 진심으로 도와줄 의지가 있는 사람의 조언을 매몰차게 거부하는 것이 바로 저항resistance이다. 저항을 하면 잠깐 자존심은 지킬 수 있지만, 궁극적으로는 진정한 자기실현의 가능성을 스스로 차단해버리는 결과를 낳는다.

자신이 적극적으로 변화해야만 가능한 치유를 스스로 거부하는 저항은 매우 다양한 방식으로 나타난다. 나는 글쓰기 수업을 할 때 학생들의 맹렬한 저항에 부딪힌다. 자신의 아픔을 생생하게 묘사하는 동안, 단지 슬픔만 마음 밖으로 빠져나오는 것이 아니라 슬픔을 치유할 힘 또한 자신도 모르게 솟아나게 된다. 그런데 슬픔을 표현하는 일에는 강한 수치심이 동반되기 때문에 사람들은 이 과정을 극도로 두려워한다.

나는 철저한 일대일 멘토링을 통해 글쓰기 수업의 진정한 묘미는 이 과정을 함께하는 것임을 배우고 있다. 어떤 학생은, 문장은 매우 훌륭한데 슬픔의 원인에 대해선 전혀 힌트를 주지 않아 공허한 글쓰기를 계속한다. '학생은 분명히 글쓰기에 재능이 있는데, 있는 그대로의 자기 마음을 보여주지 않기에 안타깝다'고 이야기하니, 굳이 표현할 필요를 못 느끼겠다며 딴청을 피운다. 저항의 전형적인 사례다.

사실 그 모습마저도 귀엽다. 예전 같았으면 '이 아이는 왜 이토록 시니컬할까'라고 걱정했겠지만, 이제는 안다. 그 아이도 침묵이나 생략의 방식으로 자신의 아픔을 표현하고 있다는 것을. 나에게 반기를 듦으로써 자신의 힘을 과시하지만, 실은 자신도 모르게 '아픔을 누구에게도 보여주기 싫다'는 닫힌 마음을 보여주는 것이다.

일대일 멘토링을 하다 보면 무엇보다도 나 자신이 변화한다. 망원경으로 볼 수밖에 없었던 아이들의 아픔이 현미경으로 보는 것처럼 생생하게 확대되어 보이기 시작한다. 효율적인 교육이 아니라 진심 어린 소통을 추구하자 겨우 두 달 만에 많은 것이 바뀌었다. 글쓰기가 싫어 펜대만 하염없이 굴리며 지루해하던 아이가 고양이를 잃어버린 슬픔에 대한 뭉클한 글로 나를 감동시켰고, 글쓰기에 좀처럼 관심이 없던 아이가 할아버지의 죽음 직전 자신과 마지막으로 나눈 통화를 글로 써서 나를 울리고 본인도 울었다. "아가, 할애비가 세상에서 젤로 사랑하는 건 우리 손녀인 거 알제? 인자 내가 없더라도 너무 슬퍼하지 말그래이."

눈물을 뚝뚝 흘리는 학생의 어깨를 말없이 안아주며 깨달았다. 학생들에게 필요한 것은 글쓰기의 전략이 아니라 아픔을 털어놓을 사람임을. 아이들은 단지 글쓰기 선생이 필요한 것이 아니라 자신의 아픈 이야기를 마음을 다해 들어줄 친구가 필요했던 것이다. 일대일 멘토링을 통해 누구보다도 나 자신이 변하고 있다. 어떻게 하면 수업을 더 잘해낼 수 있을까 고민하며 초조해하던 내가 어떻게 하면 아이들의 아픔을 더 잘 이해할 수 있을까를 고민하는 사람으로 바뀌었다.

친밀성의 힘은 이렇듯 수많은 것을 바꿀 수 있다. 인디언들은 친구를 이렇게 정의한다. 친구란, 내 슬픔을 등에 지고 가는 사람이라고. 내가 아이들의 슬픔을 등에 짊어지고 가기로 마음먹자, 아이들은 어느새 가르침의 대상이 아니라 한 명 한 명 더없이 소중한 다정한 길벗이 되었다.

아름다운 흔적을 남기고 떠난다는 것

장영희 선생의 글을 읽으면 사랑과 희망 같은 평범한 단어들이 밤하늘의 별빛처럼 찬란한 존재로 다시 태어나는 느낌이다. 그녀의 글 속에서 사랑과 희망은 한 걸음 한 걸음 내딛기도 힘겨운 삶과 글쓰기를 이끌어가는 두 개의 축이었다. 그녀에게 사랑은 모든 희망을 잃어버린 순간에도 결코 포기할 수 없는 삶의 이유였고, 희망은 살아 있는 한 결코 버려서는 안 될 삶의 자세였다. 한 살 때 소아마비로 두 다리와 오른손의 자유를 잃었지만, 왼손 하나로 그 모든 치열한 삶의 흔적을 글쓰기의 형태로 증명하는 것. 그 간절한 글쓰기의 여정은 세상을 향한 불굴의 사랑과 삶을 향한 굽힘 없는 의지가 있었기에 비로소 가능한 것이었다. 우리는 그녀의 아름다운 글을 통해 '이 세상을 향한 장영희의 사랑'과 '장영희를 둘러싼 세상의 사랑'을 동시에 읽을 수 있다.

조용하면서도 강인한 어머니의 마음은 장영희 선생의 글 속에 늘 공기처럼, 물처럼 배어 있는 사랑과 희망의 상징이다. 장영희 선생은《내 생애 단 한 번》(샘터, 2010)에서 어머니에 대해서 이야기한다. 몸이 불편한 딸이 이 세상에 발붙일 자리를 만들기 위해서는 목숨 바쳐 싸워야 한다고 믿었던 억척스러운 전사 같았던 어머니. 눈 오는 날에는 눈 위에 연탄재를 뿌리고, 비 오는 날에는 한 손으로 딸을 업고 한 손으로는 우산을 든 채 늘 딸의 등굣길을 함께해주시던 어머니. 상급 학교에 진학할 때마다 장애인이라는 이유로 시험 자체를 거절했던 학교들도 많았다고 한다. 나는 해낼 수 있다고, 제발 나를 끼어달라고 애원해도 자꾸만 벼랑 끝으로 내모는 차가운 세상 속에서 그래도 장영희 선생이 힘을 내어 악착같이 버틸 수 있었던 이유는 바로 어머니의 사랑 때문이었다고 한다. 딸 앞에서 한 번도 눈물을 흘리신 적이 없었던 어머니. 이 세상의 슬픔은 눈물로 정복될 수 없다는 말 없는 가르침을 준 어머니도 가슴속으로 흐르던 엄마의 눈물을 숨길 수는 없었다.

그런 가없는 사랑과 보살핌 속에서, 우리가 사랑하는 장영희의 투명하면서도 섬세한 글쓰기는 태어났다. 삶이 아무리 고통스럽더라도, 삶에는 사랑이라는 눈부신 오아시스가 있다. 그 사랑이라는 오아시스 덕분에, 우리의 삶은 끝내 견딜 만한 가치가 있는 아름다운 지옥이 된다. 그 어떤 고통이 우리의 생을 할퀼지라도, 고통은 언젠가 사라지고, 사랑은 끝내 살아남는다.

장영희 선생은 사랑에 관한 명문장 중 최고의 것으로《논어》에 나오는 "애지, 욕기생愛之, 欲其生", 즉 "누군가를 사랑한다는 것은 그 사람을 살게끔 하는 것이다"라는 말을 꼽는다. 그 사람을 살게 하는 것, 어떤 상황에서도 그 사람이 살아낼 수 있도록 모든 것을 다 해낼 수 있는 불굴의 용기는 바로 사랑 아닐까. 아무리 힘들어도 삶을 포기하지 않는 것이야말로 사랑받는 자의 의무임을 떠올려본다. 사랑이 이 고통스러운 삶을 끝내 긍정할 수 있는 능력이라면, 거꾸로 지옥이란 다름 아닌 바로 사랑할 수 있는 능력을 상실한 데서 오는 괴로움이니까. 그러니까 화려하고 아름다운 것들이 아닌, 오늘 지금 이 순간을 살아가는 우리 자신의 울퉁불퉁하고 불완전한 삶 자체를 사랑하는 힘이야말로 이 세상을 더 아름답게 만드는 최고의 보물이다.

사랑과 희망에 이어 선생의 글쓰기에서 또 하나의 주춧돌은 문학이다. 그녀의 글 곳곳에는 문학에 대한 끝없는 열정이 살아 숨쉬고 있다. 장영희 선생은 아무리 복잡하고 긴 문학 텍스트 속에서도 지극히 간명하고도 아름다운 진실을 캐낼 줄 아는 사람이다.

그녀의 글을 읽다 보면, 마음속에 항상 사랑의 갈망을 품은 사람에게만 보이는 것들이 있음을 알게 된다. 이 세상이 좀 더 아름다워질 수 있다고 믿는 사람들의 희망을 옹호하는 문학, 어떤 고난도 끝내 극복하고 운명과의 한판 싸움에서 승리하는 사람들의 이야기로 가득한 문학작품의 숲속에서 그녀는 사랑과 희망, 그리고 용기를 배웠다. 문학작품 속 수많은 주인공의 승리와 투쟁을 배우고 가르치고 글로 써낸 선생의 글 속에서 우리는 오늘을 다시 살아낼 용기를, 끝내 슬픔과 고통을 이겨낼 강인한 의지를 배운다.

나는 그녀의 글쓰기를 통해, 눈물은 세상의 슬픔을 정복할 수 없지만 사랑은 세상의 슬픔을 끝내 치유할 수 있다는 것을 배운다.

내가 나의 치유자가 될 수 있을까

기억과 감정은 사라지지 않는다.
새로운 숙주를 찾아 옮겨 다닐 뿐.

마크 월린 Mark Wolynn, **《트라우마는 어떻게 유전되는가》**(심심, 2016)

마음에도 예방주사가 필요하다

'이별 공격'이라는 말이 있다. 연인에게 버려지기 전에 먼저 상대를 버리는 선제공격을 가리키는 말이다. 버려지는 쪽이 되기보다는 먼저 버리고 떠나는 쪽이 되기로 선택하는 것이다. 이별 통보라는 상대방의 기습을 당하기 전에 먼저 선수를 치는 이 민첩한 행보가 처음에는 순간적인 승리감을 줄 수도 있다. 하지만 이별 공격의 여진은 그 후로도 아주 오랫동안 끈질기게 지속된다.

정말 상대가 싫어져서가 아니라 버림받을지도 모른다는 공포 때문에 저지른 행동이라면, 이별 공격은 상대방에 대한 공격이 아니라 스스로를 향한 자해에 가까워진다. 이별을 선언한 것은 내 쪽이지만 더 커다란 내상을 입는 쪽도 이쪽인 것이다. 이별 공격만이 아니다. 상처받기 전에 먼저 상처를 주기로 결심하는 것. 상처받는 쪽이 약자고, 상처 주는 자가 강자라는 편견이 우리를 이렇게 만드는 것이 아닐까.

인간은 왜 이런 행동을 하는 것일까. 왜 그토록 이기적이면서도 궁극적으로는 자기파괴적인 행동을 일삼는 것일까. 바로 방어기제self-defense system 때문이다. 처음에는 더 이상 상처받지 않기 위해, 어쩌면 상처받을지 모를 자신을 보호하기 위해 이별을 택한다. 하지만 어느 순간부터 사랑에 별책부록처럼 꼭 달라붙는 고통을 자신과 분리하기 위해 상대를 먼저 공격하는 잔인한 행동을 서슴지 않게 된다.

문제는 이 방어기제가 결국 자신의 뒤통수를 친다는 점이다. 순간적으로는 자신을 방어하는 데 성공하지만, 장기적으로는 자신의 문제를 해결하지 못하고 오히려 문제를 더 심화시키는 쪽으로 이끌게 된다. 사랑으로 인한 고통을 겪지 않기 위해 아예 사랑에 빠지지 않는 것, 실패가 두려워 새로운 시도나 모험 자체를 멈추는 것, 누군가에게 받은 상처로 인해 외모가 조금만 비슷한 사람을 봐도 '저 사람은 나에게 상처 줄 거야'라고 생각하는 것. 모든 자기방어적 판단이 결국 가리키는 것은 해결되지 못한 문제들이다. 그 문제들을 정면으로 직시하지 못하는 한, 진정한 치유는 시작조차 될 수 없다.

윤동주의 시 〈병원〉(1948)에는 이런 대목이 나온다. "나도 모를 아픔을 오래 참다 처음으로 이곳에 찾아왔다. 그러나 나의 늙은 의사는 젊은이의 병病을 모른다. 나한테는 병이 없다고 한다. 이 지나친 시련試鍊, 이 지나친 피로疲勞. 나는 성내서는 안 된다."

이 시는 '분명히 아픈데, 정확히 어디가 아픈지, 왜 아픈지 알 수 없는 사람들', 즉 겉으로 보기에는 멀쩡한 사람들이 앓고 있는 마음의 병을 날카롭게 묘사한다. 의사도 정확히 진단할 수 없는 병, 그러나 환자는 분명히 앓고 있는 병. 의사들이 흔히 심인성 질환이라고 하는 것들은 실제로 존재한다.

"요새 힘든 일 있으세요? 스트레스 많이 받으세요?" 하고 물어보는 의사들의 질문처럼, 몸과 마음 사이의 보이지 않는 연결고리는 실제로 존재한다. 정신과 의사 베셀 반 데어 콜크Bessel Van Der Kolk는 《몸은 기억한다》(을유문화사, 2016)에서 수많은 임상 사례를 통해 트라우마가 신체에 미치는 직간접적인 영향을 증명한다. 텔레비전에서는 음식을 비롯한 생활습관을 강조하는 건강관리 프로그램이 수없이 쏟아지지만, 정작 우리는 그 건강에 결정적인 영향을 끼치는 마음의 건강을 보살피는 데는 소홀하다. 몸에는 그토록 많은 영양제와 예방접종을 투여하고 시도하면서, 마음에는 그 어떤 물도 햇빛도 바람도 공기도 공급해주지 않는 경우가 많다.

우리 마음에도 영양제와 예방접종이 필요하다. 나는 트라우마 면역력을 높이기 위한 예방주사가 인문학이라고 생각한다. 문학이나 영화라는 영양제도 있고, 심리학이라는 보다 직접적인 예방접종도 있다.

건강한 사람들을 위한 심리학

학교 밖에서 인문학 강연을 하다 보면, 의외로 '스트레스를 어떻게 관리하냐'는 질문을 많이 받는다. 글 쓰는 사람은 당연히 스트레스가 많을 거라 짐작해 가장 예민한 축에 속하는 작가들에게 심리테라피를 듣고 싶어 하는 것 같다. 내가 좋아하는 자기치유법은 지금 하고 있는 일과 직접적으로 상관없는 일을 해보는 것이다. 여행이나 산책을 하거나, 영화나 전시를 보거나, 그리운 사람들을 잠깐씩이라도 만나는 것. 그것만으로도 스트레스는 자연스럽게 풀린다.

처음에는 아무것도 하지 않는 휴식을 꿈꿨는데, 그런 건 성격상 불가능했다. 쉬는 방법을 모르는 일 중독 상태에 길들여진 내게는 휴식해야 한다는 생각 자체가 스트레스였다. 지금 하고 있는 일과 다른 일을 하면서, 나에게로만 집중된 리비도를 분산시키는 것. 내 일도 중요하지만, 다른 사람의 일도 똑같이 소중하다는 것을 새삼스레 깨닫는 시간이 나에게는 치유의 시작이 된다. 우리가 느끼는 스트레스의 대부분은 '나는 잘해내고 있지 못하다'는 자기인식 때문인 경우가 많아서다.

'어떻게 하면 사람들로부터 상처받지 않을까' 하는 문제를 궁리하기 위해 심리학을 공부하기 시작한 것은 무척 행운이었다. 심리학을 공부하면서 나와 타인, 현실과 세계를 바라보는 눈이 생겼다. 가장 놀라운 것 중 하나는 굉장히 정상적인 사람들, 심지어 인격적으로 훌륭한 사람도 정신적으로 심각한 문제를 겪을 수 있다는 점이다. 집 바깥에서는 둘도 없는 인격자요 유능한 사회인이지만, 집에만 가면 온갖 짜증과 분노로 타오르는 사람이 많다. 타인에게 보여주는 페르소나와 숨기고 있는 내면의 그림자 사이의 거리가 멀수록 정신건강은 악화된다. 겉으로는 매우 정상적이며 심지어 주변의 칭찬을 듣는 사람이지만, 속으로는 곪아 터져가는 내면의 상처가 그를 안으로부터 무너뜨린다. 착한 사람이라는 세간의 평가 속에 자신의 숨은 상처를 숨기고 살아가는 사람들이 바로 전형적인 사례다.

영화 〈로맨틱 홀리데이〉(낸시 마이어스 감독, 2006)의 아이리스(케이트 윈슬렛)가 그런 경우다. 그녀는 인정 많고, 배려심 넘치며, 유능하기까지 한 편집자다. 그런데 아이리스의 삶은 영 평탄치 않다. 아이리스는 자신이 좋아하는 남자의 온갖 뒤치다꺼리를 하며 인생을 낭비하고 있다. 그녀가 오랫동안 짝사랑해온 남자 재스퍼는 애인이 있으면서도 아이리스에게 계속 곁눈질을 하고 심지어 그녀를 수족처럼 부려먹는다. 걸핏하면 잡무를 떠맡기고, 아이리스의 재능을 이용하기 위해 '내가 책을 낼 건데, 내 글을 좀 봐달라'며 아이처럼 조르기도 한다. 아이리스는 재스퍼의 바람기와 이기심을 알면서도 다 받아준다. 사랑한다는 이유로, 어쩌면 그도 나를 사랑해줄지 모른다는 헛된 기대감으로. 하지만 그 일방적인 착취의 관계 속에서 상처받고, 망가지고, 무너져가는 건 오직 아이리스뿐이었다.

아이리스는 재스퍼가 다른 여자와 약혼했다는 선언을 듣고 망연자실해하며, 그가 찾지 못할 것 같은 머나먼 미국 땅으로 여행을 떠난다. 영국에 살던 아이리스는 미국에 사는 어맨다(카메론 디아즈)와 집을 바꿔서 살아보기로 한다. 두 사람은 내 인생이 아닌 다른 사람의 인생 속으로 들어가보는 모험을 시작하게 된다.

아이리스는 그곳에서 자신의 배려와 온화함이 타인이 이용하는 대상이 아닌 진정한 자기실현의 한 방법임을 깨닫게 된다. 자신을 이용하거나 착취하지 않고 그대로 받아들여 아껴주는 마일스(잭 블랙)를 만나면서, 그녀는 처음으로 자신의 상처받은 마음이 치유되는 것을 느낀다. 그녀의 변화조차 눈치채지 못한 재스퍼는 24시간 항시 대기조처럼 도움을 청할 수 있었던 아이리스가 없어지자 공황 상태에 빠진다.

아이리스에게 이래라저래라 명령만 하던 재스퍼가 아이리스를 만나러 미국까지 찾아와 '네가 필요하다'고 고백하지만, 아이리스는 그 필요가 사랑이 아닌 이기심의 발로임을 비로소 깨닫는다. "나는 더 이상 당신을 사랑하지 않아." 착하디착한 아이리스에게는 바로 이런 날카로운 독화살 같은 말이 필요했다. "나는 더 이상 당신을 사랑하지 않아"라고 몇 번이나 외치면서, 아이리스는 비로소 사랑에 묶여 옴짝달싹하지 못하는 자신이 그 사랑이라는 이름의 지긋지긋한 포승줄에서 해방되는 것을 느낀다.

이 영화는 '당신은 참 착한 사람'이라는 보이지 않는 오랏줄에 묶여 인생을 허비하고 있는 수많은 사람에게 도움이 될 것이다. 착한 사람이라는 타인의 평가는 결국 '나는 착한 사람이 되어야 한다, 끊임없이 착해야만 한다'는 자기암시로 이어진다. 그렇게 굳어지고 각인된 자기암시는 결국 '착하지 않으면 버림받을 것이다'라는 절망적인 트라우마 상태로 우리를 이끌어갈 수 있다.

착한 것은 나쁜 것이 아니지만, 착해야만 타인의 인정을 받을 수 있다는 생각은 병적인 것이다. 심리학 공부는 무척 정상적으로 보이지만 사실은 참 많이 아픈 현대인들에게 굳이 병원에 가지 않아도 스스로 치유할 수 있다는 믿음을 준다. 상황이 더 심각해지기 전에, 아직 자신을 돌볼 수 있을 때, 우리는 자기치유의 첫걸음을 시작해야 한다.

나는 나를 치유할 수 있다는 믿음

스트레스와 트라우마의 차이를 구별하는 것만으로도 우리 안의 고통은 경감될 수 있다. 스트레스는 일시적이고 통제 가능하다. 트라우마는 내 의지와 상관없이 나도 모르는 순간에 덮쳐올 수 있기에, 통제 불가능하고 평생 지속되는 경우가 많다. 시험이 끝나면 해방이라고 느낀다면, 그것은 스트레스다. 하지만 '언제나 시험운이 없다' '무슨 시험을 봐도 합격할 수 없다'고 느낀다면, 트라우마에 가깝다. 고부갈등으로 짜증이 폭발한다 하더라도, '시어머님을 안 보면 괜찮다'고 느낀다면 스트레스다. 하지만 '이 남자와 같이 사는 한 나는 시어머니로부터 영원히 벗어날 수 없다'고 느끼고, 자신의 모든 일상에 고부갈등이 먹구름을 드리운다면 트라우마에 가깝다.

스트레스는 어떤 눈에 띄는 원인 때문에 일시적으로 마음이 불편하고 긴장되는 상태지만, 트라우마는 그 일 이전과 그 일 이후의 나는 영원히 다른 사람이 됐다고 느끼는 상태다. 사랑하는 사람의 죽음은 트라우마의 뿌리가 될 수밖에 없다. 연인이나 친구의 사고사, 부모나 자식의 때 이른 죽음은 우리 마음속에 깊은 트라우마를 남긴다.

정신분석은 결코 만병통치약이 아니다. 융은 이렇게 말한다. "정신분석을 통해 멋진 성격을 창조해낼 수 있다고 믿어서는 안 된다." "정신분석은 단지 개인적인 성향들을 밝은 곳으로 드러내고, 그런 다음에 그것들을 가능한 한 완벽하게 발전시키고 조화시키는 하나의 수단일 뿐이다."

나는 자기계발서보다 심리학 책을 읽으며 훨씬 큰 도움을 받았다. 특히 '상처 입은 치유자wounded healer'라는 개념에 많은 영감을 받았다. 우리는 흔히 상처 입은 사람은 타인에게 더 큰 상처를 주거나 다른 사람을 치유할 수 없다고 생각하지만, 실제로 수많은 심리학자나 타인에게 치유의 영감을 주는 예술가들은 돌이킬 수 없는 트라우마를 안고 살아간 사람이 많았다. 상처 입은 사람 자체가 문제되는 게 아니라, 상처를 받고도 아무것도 배우지 않는 정신의 황폐함이 문제다. 나는 나보다 더 아픈 사람을 통해 내 아픔의 원인을 간접적으로 유추해낸다. 내가 아직 건강하다는 것을 확인받고 싶어서가 아니라, 건강해 보이는 사람도 실은 마음속에 깊은 아픔을 묻고 살아간다는 것을 이제는 알기 때문이다.

심리학자 마크 월린의 《트라우마는 어떻게 유전되는가》에서는 상처를 언어로 표현하는 일의 중요성이 강조된다. 공황장애와 외상 후 스트레스 장애 치료 전문가인 마크 월린은 트라우마로 인해 자신의 손톱을 물어뜯거나 머리카락을 뽑는 등의 자해를 하는 사람들, 원인 모를 불안과 우울에 시달리며 삶이 나락으로 떨어진 사람들에게 자기 안의 핵심 문장을 찾아보기를 권한다. 자기 안의 상처를 핵심적으로 요약하는 문장을 스스로 찾아보는 것이다.

핵심 문장은 여러 개일 수도 있다. 예컨대 '아무도 나를 사랑하지 않아'라든지 '나는 모든 걸 잃었어' '나는 실패할 거야' '그들은 나를 거부할 거야' '나는 한 번도 제대로 된 교육을 받은 적이 없어'라는 식의 문장이 내 마음을 사로잡고 있다면, 그 핵심 문장은 가족 안의 트라우마와 관계 있는 경우가 많으며, 오랫동안 자신을 괴롭혀왔으나 미처 문장으로 표현하지 못한 아픔일 가능성이 많다.

이런 핵심 문장을 향해, 나를 보살피는 또 하나의 자아가 속삭이는 치유의 문장을 읊조리는 것은 크게 도움이 된다. 마크 월린은 나약한 부모를 보살펴야 한다는 압박감에 시달리는 자녀들을 위해 이런 치유의 문장을 선물한다. "너는 내 자식일 뿐이야. 내 감정이 네 감정일 필요는 없단다." "나는 있는 그대로의 너를 사랑한단다. 내 사랑을 얻으려 그 무엇도 할 필요가 없단다." "너는 나를 보살펴왔고 나는 그러도록 내버려두었어. 이제 더는 그러지 말자." "어떤 아이에게도 이건 너무 지나친 일이란다." 이런 문장을 읽는 순간, 나는 스스로 치유되는 것을 느꼈다. 나 또한 힘든 부모님을 보살피는 씩씩한 장녀가 되기 위해 평생 내 맘대로 살 권리를 저당 잡힌 것처럼 강요된 피해의식에 시달려왔던 것이다.

내 안의 상처를 적나라하게 드러내는 핵심 문장은 자기치유의 이정표가 된다. 핵심 문장은 단순한 증상이 아닌 원인을 표적으로 삼게 해주어 자기 안의 상처를 스스로 치유할 수 있는 길의 이정표가 될 수 있다.

자신의 아픔과 상처에 거리를 두는 사람들은 소중한 사람들에게도 거리를 둔다. 자신의 상처에 거리를 두는 사람들은 타인과의 관계 맺기에서도 거리를 유지하려 한다. 더 가까워질까 봐, 더 친밀해질까 봐, 서로를 속속들이 알게 될까봐 두려워한다. 또 다시 상처받을까 봐, 깊은 사랑으로부터 도피하는 것이다. 연인뿐 아니라 모든 사람에 대한 거리 두기가 이런 모습을 하고 있는 경우가 많다. 스트레스나 트라우마가 내가 만들어가는 인간관계에 그대로 투영되는 것이다. 해결되지 않은 스트레스가 짜증스러운 인간관계를 만들고, 과거의 트라우마가 발목을 붙잡아 새로운 인간관계를 맺는 데 치명적인 장애물이 되곤 한다. 우리는 자신의 고통, 슬픔, 상처에 얼마나 거리를 두고 있는가. 바로 그만큼의 거리가 타인과의 거리를 규정한다.

당신의 아픔을 극적으로 요약하는 핵심 문장은 무엇인가. 그 문장을 종이 위에 또박또박 써 내려가보자. 그것이 당신 안의 트라우마를 그리는 첫 번째 로드맵이 될 것이다. 나는 얼마 전 내 안의 뼈아픈 핵심 문장을 찾아내곤 망연자실했다. "나는 이 상처를 결코 치유할 수 없을 것이다." 이게 내 안의 핵심 문장이었다. 이 상처의 개인적인 내용보다 더 아픈 것은 그 상처로 인해 내가 느낀 깊은 절망감이었다.

하지만 충격이 가시기도 전에, 상처에 곧바로 대응하는 또 다른 치유의 문장이 떠올랐다. "너는 그 상처로 무너지지 않

아. 너는 지금까지 정말로 잘 견뎌왔어." 이 문장을 쓰는 순간, 상처 때문에 무력해진 사람이 아니라 항상 그 상처와 용감하게 싸우는 전사가 되는 느낌이었다. 이런 문장을 스스로 생각해낼 수 있게 해준 것이야말로 심리학이 내게 준 선물이다. 내 상처를 타인이 치유해줄 수 있다는 환상을 뛰어넘어, 내 상처를 치유하는 적극적인 모험을 바로 지금 여기서부터 시작하는 것. 나는 심리학을 통해 오늘도 깨닫는다. 나는 내가 생각하는 것보다 훨씬 강인하고 지혜롭고 용감한 존재라는 것을.

번아웃 시대,
내 안의 잃어버린 에너지를 찾아서

번아웃, 삶을 태워버리는 마음의 병

세계보건기구가 21세기 최대의 위험으로 지목한 것은 어떤 병일까. 암도 아니고, 에이즈도 아니다. 바로 직업에서 느끼는 스트레스라고 한다. 번아웃 신드롬 혹은 탈진 증후군이라고도 불리는 이 증상은 자신의 모든 에너지를 일에 탕진한 나머지 정작 자기 삶을 위해 쓸 수 있는 기운은 남아 있지 않은 상태다. 미하엘 엔데Michael Ende의 소설 《모모》(비룡소, 1999)에는 이 번아웃 증후군을 마치 예견이라도 한 듯, 지칠 대로 지쳐버린 현대인의 자화상을 이렇게 묘사한다.

모든 의욕이 사라지고, 기분은 점점 나빠지고, 믿을 수 없이 공허하고, 자신은 물론 이 세상까지 싫어진다고. 그러다가 부정적인 감정마저 사라지고, 그 어떤 감정도 느낄 수 없게 되어버린다고. 만사에 무관심해지고, 생기는 사라지고, 세상이 낯설어지며, 무엇에도 관심이 없어진다고. 세상사는 물론 변하지 않는 자기 자신에게 너무 지쳐버려 기쁨도 슬픔도 웃음도 울음도 잃어버리는 것, 그것이 바로 번아웃 증후군이다.

분명 1970년대 소설인데, 마치 21세기 현대인의 모습을 보는 것 같다. 시간은행에 자신들의 시간을 저당 잡힌 사람들. 오늘을 제대로 살아낼 시간 자체가 턱없이 부족해 늘 시간에 쫓기는 사람들. 너무 바빠 감정을 느끼는 마음의 회로 자체가 다 타버린 느낌, 그것이 바로 번아웃 증후군이다.

번아웃이라는 말을 처음으로 쓴 사람은 1970년대 뉴욕에서 활동했던 심리 치료사 허버트 프로이덴버거Herbert Freudenberger다. 그는 남을 돌보는 직업, 특히 간호사들에게서 이런 증상을 처음으로 발견한다. 처음에는 사명감으로 시작하지만, 압박감과 피로감이 쌓여가면서 자존감이 떨어지고 냉소적으로 변해가는 사람들의 모습을 바라보면서 이것이 심각한 정신적 문제를 야기할 수 있음을 발견한다.

이제 번아웃은 모든 직종에서 나타나고 있다. 사빈 바타유Sabine Bataille가 쓴《번아웃, 회사는 나를 다 태워 버리라고 한다》(착한책가게, 2015)에 따르면, 남성과 여성은 번아웃을 표현하는 방식 자체가 다른 경우가 많다. 남성들은 문제가 생겼을 때 주로 조직에서 원인을 찾고, 여성들은 주로 인간관계에서 원인을 찾곤 한다는 것이다. 과도한 업무나 상사 및 동료와의 불화 등 직장 내 번아웃의 원인은 대개 비슷한데, 남성과 여성은 번아웃을 표현하는 방식에도 차이가 있다. 여성들이 주로 극도의 슬픔이나 눈물 등의 감정 체계를 동원하여 번아웃을 표현하는 반면, 남성들은 심혈관계 질환이나 골절, 위궤양 등 신체적 질병을 통해 번아웃을 뒤늦게 안다는 것이다. 여성들은 번아웃이 오면 남성에 비해 빨리 깨닫고 자신의 증상을 개선하기 위해 노력하는 반면, 남성들은 더 오래 참다가 예상치 못한 순간에 쓰러질 위험이 높다는 것이다.

모든 증상이 신체가 우리를 향해 보내는 구조 신호임을 안다면, 번아웃을 조금이라도 느낄 때 더욱 빨리 적극적으로 신체와 정신에 주의를 기울여야 한다. 스스로에게 정면으로 질문해야 한다. 무엇이 삶을 태워버리고 있는지, 헌신하고 있는 직업이나 직장이 과연 내 가치를 진정으로 발휘할 수 있는 곳인지, 먹고사니즘이라는 지상명령에 가려 자신의 존엄을 스스로 갉아먹고 있는 것은 아닌지.

〈방송 제작 종사자들의 '번아웃'에 관한 연구〉(정유진·오미영, 한국언론학보 59권 1호, 2015)에 따르면, 한국인의 연평균 근무 시간은 2,090시간으로 OECD 국가들의 평균인 1,765시간에 비해 훨씬 길다. 삶의 만족도 및 일과 삶의 균형 점수는 조사 대상 36개국 중 각각 25위와 34위로 매우 낮은 수준이다. 번아웃은 개인에게 불안과 좌절을 경험하게 만들 뿐 아니라 집단적 성취도에도 영향을 미치며 조직 문제로 확대될 위험이 높다. 생산성을 떨어뜨리고, 직장 내 분위기를 무겁게 만들고, 인간에 대한 기본적인 신뢰조차 하지 못하게 만들 수도 있다.

번아웃은 경고 없이 시작되고 그 과정을 인식하지 못한 채 특정 지점까지 천천히 진행되다 갑자기 도달하기 때문에 쉽게 감지할 수 없을뿐더러, 한번 시작되면 멈추지 않고 점진적이고도 지속적으로 퍼지기 때문에 마치 회복이 어려운 병과 같다. 게다가 그것을 경험한 사람으로부터 다른 사람에게로 쉽게 확산될 우려가 있기 때문에 사회 전반적인 관심과 대응이 필요하다. 일부 유럽 국가에서는 번아웃이 의학적 진단용어로 도입되어 있고 재정적인 보상이나 직원을 위한 재활 서비스가 있을 만큼 심각한 사회적 문제로 인식된다. (…) 번아웃은 '정서적 고갈emotional exhaustion' '비인간화depersonalization' '개인적 성취감 감소reduced personal accomplishment'의 세 가지 구성 개념으로 구분된다.

정유진·오미영, 〈방송 제작 종사자들의 '번아웃'에 관한 연구〉

성실함과 유능함이 오히려 번아웃을 부추긴다

번아웃의 위험이 높은 사람들의 첫 번째 전형적인 특징은 일 중독 성향이 강하다는 점이다. 일을 해야 마음이 편하고, 한 번도 쉰 적이 없다는 것에 자부심을 느끼는 사람이 많다. 바쁜 것을 자랑스럽게 여기며 바쁘지 않을 때는 죄책감을 느끼는 사람, 휴일이나 주말에도 일을 하거나 일 이야기를 하는 사람은 번아웃의 위험성이 높다.

'이 회사에는 내가 없으면 안 돼'라는 생각은 높은 자존감의 반영이다. 하지만 개인적인 삶이나 저녁 있는 삶의 중요성을 아예 무시하는 경우, 결국 일과 나를 거의 분리하지 못하는 상황으로 가게 된다. 성실함과 유능함을 인정받는 사람들이 번아웃에 노출될 위험이 높기 때문이다. 그들은 더 많이, 더 자주 일을 떠맡게 된다. 주변 사람들은 그를 교묘하게 이용할 수도 있고, 그에게 일을 맡기면 문제없다고 생각할 수도 있다.

자신의 가치를 주변의 인정으로 확인받는 성향이 강할수록, 번아웃에 노출될 가능성도 높아진다. 성실함 그 자체가 나쁜 게 아니라, 맹목적인 성실함과 자기를 돌아보지 않는 여백 없는 삶이 번아웃을 부추긴다.

번아웃 증상을 느끼는 사람들의 두 번째 특징은 몸의 신호를 무시한다는 점이다. 몸은 '당신은 무리하고 있다'는 메시지를 계속 보내지만, 일 중독인 사람들은 그 신호를 무시한다. '괜찮겠지' 하는 생각이 괜찮지 않은 상황을 가속화한다. 일의 효율성에 대한 집착과 성공을 향한 열망이 강한 사람일수록, 번아웃의 신호가 오면 오히려 더 열심히 일에 매달리거나 더 많은 회의를 잡아 '나는 괜찮다'는 것을 보여주려는 경향이 있다. '결국 모든 게 잘될 거야'라는 근거 없는 낙관이 오히려 상황을 악화시킬 수 있는 것이다. 자신이 생각해도 너무 커다란 목표를 잡고서는 그 목표에 도달하지 못한 스스로를 자책하는 것이야말로 번아웃을 향한 지름길이다.

번아웃 증상을 느끼는 사람들의 세 번째 특징은 주변 사람들의 말을 잘 듣지 않는다는 점이다. 과로로 쓰러져서 병원에 입원한 상태에서도 일을 계속하려 하고, 휴식이 필요하다는 말을 들어도 '당신은 나를 잘 몰라'라고 생각하며 말해준 상대를 적대적으로 바라본다. 때로는 나보다 남이 나를 더 객관적으로 바라볼 수 있다는 사실을 우리는 자주 잊는다. 이럴 때 남에게 인정받기를 원하면서 남의 말을 안 듣는 역설이 발생한다. 일과 관련된 사람들의 독촉이나 평가에는 귀 기울이면서, 정작 자신을 진심으로 걱정하는 사람들의 말에는 귀 기울이지 않는 것이다. 당신을 더 깊은 일의 수렁으로 끌어들이는 사람이나 조직은 결코 당신을 번아웃에서 구해주지 못한다. 그들은 더 많이, 더 오래, 당신이 일의 노예이기를 바랄 뿐이다.

삶에서 일을 하고 성취를 하고 조직 속에 속하는 시간은 이른바 '무대 위의 시간'이다. 우리는 배우처럼 저마다의 무대에서 자신의 페르소나를 드러내며 연기를 한다. 하지만 24시간 내내 무대 위에 있을 수는 없다. 인간의 진정한 행복을 좌우하는 것은 오히려 무대 뒤의 시간이 아닐까. 현대인의 외면과 내면의 괴리를 드러내는 '포커페이스'나 '쇼윈도 부부'라는 말이 있는 것도, 무대 위의 시간에서는 누구나 연기가 가능하기 때문이다.

하지만 '무대 뒤의 시간'에서는 누구도 연기를 할 필요가 없다. 특히 번아웃 증상의 경우, 혼자 있을 때 자신의 고통과 제대로 대면하지 않으면, 치유의 실마리를 얻을 수가 없다. 왜 이 일에 집착하는지, 왜 타인의 평가에 이토록 좌지우지되는지, 왜 내 몸을 소중히 여기지 않고 일을 하는 도구로 여기는지에 대한 질문을 해야 한다. 일을 중심으로 인생이 돌아가는 것에 질문을 던져보고, 일에 관련된 모든 인간관계와 감정 소모를 되돌아볼 수 있는 무대 뒤의 시간을 가질 수 있을 때, 번아웃은 출구를 찾을 수 있다.

무대 위에서는 빛나지만 무대 뒤에서는 초라하게 느껴진다면, 밖에서는 자신감 있게 행동하다가도 혼자 있는 시간에는 아무것도 하지 못하고 불안해한다면, 내면은 타들어가고 있는 것이다. 우리가 무대 뒤의 시간을 창조적으로 보낼 수 있는 기회를 놓쳐버린다면, 다른 사람이나 일이 아닌 오직 나 자신과 함께하는 시간을 두려워한다면, 번아웃은 물론 우울증이나 분노조절장애 같은 현대인의 모든 정신적 문제를 해결해낼 수 없을 것이다.

삶에 대한 통합적인 감각 회복하기

사빈 바타유의《번아웃, 회사는 나를 다 태워 버리라고 한다》에서는 번아웃 증후군에서 치유된 사람들의 공통점을 지적한다. 그것은 바로 거절하는 용기다. 내가 진정으로 원하는 일이 아닐 때 단호하게 거절할 수 있는 용기, 상사나 동료의 눈치를 보지 않고 자신의 마음에 솔직하게 반응하는 것, 타인의 요구가 아니라 내 마음의 신호에 충실할 수 있는 용기, '아니요'라고 말할 수 있는 용기야말로 번아웃에서 탈출할 수 있는 가장 중요한 비결이다.

번아웃 증상에서 회복되기 위한 첫 번째 길은 우선 쏟아지는 일감이나 타인의 요구로부터 벗어나는 것이다. 그러려면 거절이 필요한데, 무엇이든 '할 수 있다'고 생각해온 사람에게는 거절이 마치 '나는 이 일을 해낼 수 없다'는 항복 선언처럼 느껴져 쉽지 않다. 타인의 부탁을 거절하는 것이 무능력을 증명하는 일처럼 보이거나 '나는 나쁜 사람'임을 보여주는 것 같아 마음이 편치 않다. 하지만 거절이 시작이다. 거절을 시작하지 않으면, 내 안의 진짜 요구를 들어줄 수 없게 된다. 내 안의 진정한 질문은 '당신은 왜 이 일에 집착하는가' '당신은 이 일 없이는 아무것도 아닌가' 같은 좀 더 본질적인 성찰을 필요로 한다. 일 속에 빠진 상태에서는 그런 근원적인 통찰에 이를 수 없다.

그다음은 거절의 대가를 치르는 것이다. 예컨대 근무일수를 줄이거나 모아놓기만 했던 휴가를 써서 수입이 줄어든다면, 그 대가를 어떻게 치를 것인가. 가족들에게 이를 설명할 수 있을 것인가. 이런 질문이 당신을 괴롭힌다면, 우선 당신이 가장 사랑하는 사람들, 그리고 당신과 가장 가까운 사람들에게 당신의 상황을 털어놓아야 한다. 몸과 마음이 잠시 휴식을 원한다고. 더 행복한 삶을 위해 우선 멈춤이 필요하다고. 가족에게 진심으로 이해를 구한다면, 가족들은 분명 '왜 수입이 줄어드냐'가 아니라 당신이 그토록 힘들었다는 사실에 놀라고 마음 아파할 것이다.

번아웃에서 회복되는 두 번째 길은 삶의 속도를 구체적으로 줄이는 것이다. 예컨대 자신이 밥 먹는 속도를 한번 눈여겨 관찰해보자. 고객들과 함께 밥을 먹을 때 걸리는 시간, 가족들과 함께 밥을 먹는 데 걸리는 시간, 혼자 있을 때 밥을 먹는 시간을 따로따로 체크해보는 것이다. 그 속도를 조금씩 줄여보자. 직장인들이라면 밥을 먹는 데 15분 정도밖에 걸리지 않는 경우가 대부분이다. 그렇다면 밥을 먹을 때 30분 정도를 할애해 음식의 맛을 한 올 한 올 느껴보고, 그 순간의 느낌에 집중해보는 것이다.

번아웃의 특징 중 하나는 삶에 대한 무감각이다. 모든 것이 '일'을 통해 구조화돼 있으므로 일 아닌 것들, 특히 자신을 배려하는 행동에는 섬세한 감각 자체가 발동되지 않는 경우가 많다. 내가 잘 먹는지, 잘 자는지, 잘 웃는지, 울고 싶을 땐 마음 놓고 울 수 있는지를 체크해보자. 그리고 자신에게 이런 시간들을 내어주자. 아무것도 하지 않지만 두려움을 느끼지 않는 시간, 태양이 떠오르고 석양이 물드는 모습을 가만히 바라보는 시간, 일기를 쓰는 시간, 그리고 마음껏 울 수 있는 시간, 모든 것을 잊고 깔깔 웃을 수 있는 시간, 이런 시간들을 스스로에게 줌으로써 우리는 나를 진정한 나이지 못하게 가로막는 것들의 존재를 느낄 수 있다.

번아웃에서 스스로 회복되는 세 번째 길은 주변의 모든 자극을 일의 방해물로 여기는 대신, 삶의 일부로 받아들이는 감각훈련이다. 감정을 제대로 느끼고 표현하는 것이야말로 치유의 시작이 될 수 있다. 번아웃 치료를 하는 의사가 환자에게 '지금 기분이 어떠세요?'라고 물어보니, 그는 호통을 쳤다고 한다. "도대체 내가 어떤 기분이어야 합니까?" 그는 자신의 감정을 물어보는 질문에 제대로 대답하지 못할 정도로, 자신의 느낌에는 무관심하게 살아온 것이다.

스스로에 대한 인식의 부족, 자신의 감정을 표현하는 일에 대한 무관심이나 공포는 번아웃뿐 아니라 다른 모든 정신적 문제에도 광범위하게 나타나는 현상이다. 내가 무엇을 느끼는가를 자각하는 사람일수록, 자신의 감정을 잘 표현하는 사람일수록, 정신적으로 건강하며 관계 맺기에 대한 두려움에서 자유롭다.

감정을 표현하는 일이 너무 갑작스럽고 어렵게 느껴진다면, 심호흡부터 해보자. 어떤 환자는 처음으로 숨을 깊게 들이쉬는 일에 집중했다가 갑자기 울기도 한다. 힘들고 아파서가 아니다. 몇 년 만에 처음으로 제대로 숨 쉬고 있다는 느낌을 받았기에, 깊고 편안하게 숨 쉬는 일이 얼마나 소중하고 아름다운지를 처음으로 느껴봤기에, 감격의 눈물을 흘린 것이다.

이처럼 무언가를 섬세하게 느낄 수 있다는 것이야말로 치유의 신호탄이다.

삶은 완성되기를 기다리는 게임의 레벨이 아니다. 스스로에게 어떤 질문을 하느냐에 따라 타인과의 비교가 아닌 자신과 진솔한 대화를 시작할 수 있느냐에 따라, 삶의 밑그림은 달라질 수 있다. '나이가 차면 취직을 해야 하고, 결혼을 해야 하고, 집을 마련해야 하고, 일에서 성공해야 하고' 하는 식으로 삶의 단계를 순차적으로 밟아가야 한다는 목적의식으로부터 한 번이라도 벗어나보자. 자신을 일의 성취도로 평가하는 것이 아니라, '나는 무엇을 느끼고 있는가'라는 질문으로 스스로를 찬찬히 살펴보고 들여다보자.

삶에 대한 되새김질의 몸짓이 부족할수록, 번아웃에 빠질 위험에 노출된다. 되새기는 것, 돌아보는 것, 헤아려보는 것이야말로 삶의 속도전에서 벗어나 우리 자신을 더 깊이 사랑하고 배려하는 마음챙김의 기술이다.

우울증,
과연 마음의 감기인가

삶을 파괴하는 우울증의 그림자

우울증은 주로 여성의 질병이라 여겨질 정도로 여성(특히 중년 여성)에게 많이 나타났지만, 최근에는 남성 환자들도 급증하고 있다. 과거에는 자신의 정신 상태에 이상 징후가 느껴져도 병원을 가지 않는 환자가 많아 숨은 환자들이 있었다면, 이제는 소아우울증이라는 용어까지 생길 정도로 남녀노소를 불문하고 우울증 진단이 늘어나고 있다. '우울증은 병이 아니다'라고 생각했던 과거와 달리, 우울증도 병이라는 인식이 급증하고 있어서이기도 하다.

하지만 우울증을 단지 마음의 감기 정도로 치부하기에는 그 증상과 사회적 파급력이 너무 크다. 감기를 100퍼센트 치료하는 약이 없듯, 우울증도 약이 증상을 개선하는 데 일시적으로 도움이 될지 모르지만 완전한 치료제는 없다. 우울증 약에 지나치게 의존하는 환자가 많아지는 것도 큰 문제다. 의존은 중독으로 이어지고, '우울증엔 상담보다 약이 최고다'라는 인식이 커질수록 내 마음을 다스릴 수 있다는 주체적인 믿음은 사라져갈 것이다. '이 약 없으면 난 안 돼' '이 약 없으면 잠을 못 자'라고 고백하는 환자가 많을수록, 그 사회는 각박하고 살기 힘든 곳이 아닐까. 최근 우울증을 앓는 20대가 급증하고 있다는 소식은 더욱 안타깝다. 가장 생기발랄하고 활발하게 활동할 시기에, 우울증의 프리즘으로 세상을 어둡고 쓸쓸하게 바라본다는 것은 얼마나 뼈아픈 상실인가.

우울증이 무서운 이유 중 하나는 다른 신체적인 질병을 초래할 수도 있다는 점이다.《몸은 기억한다》의 저자 베셀 반 데어 콜크는 이렇게 말한다. 심각한 집착이나 공황 발작을 겪는 사람들, 정신적으로 여러 가지 문제를 겪고 있는 사람들의 이상 행동은 자기를 방어하기 위한 행동이라고. 환자의 자기파괴적인 행동을 불치병처럼 생각한다면, 환자는 끊임없이 약물에 의존할 위험이 커지게 된다. 치료의 목표가 오직 약을 통한 증상의 완화에 그친다면, 환자가 느끼는 마음의 아픔을 치유하지 못하고 약물에 의존하게 만드는 역효과를 낳을 수 있다. 느리고 힘든 과정일지라도, 약물을 통한 즉각적인 증상완화를 넘어 궁극적인 마음의 치유를 포기하지 말아야 한다. 치료의 목표를 오직 적절한 약을 찾는 것으로만 국한시킨다면, 환자가 진정으로 고통받는 심리적 이유, 환경적 영향, 인간관계의 문제점 등을 제대로 보지 못하게 된다.

우울증을 다룰 때 또 하나 위험한 것은 과잉된 자기진단이다. 누구나 조금만 기분이 나쁘면 우울증을 의심하는 시대가 돼버린 요즘은, 셀프 진단의 시대이기도 하다. 텔레비전에서 ADHD를 앓고 있는 어린이 이야기가 나오면 '나도 ADHD 아닌가' 의심하고, 번아웃 증후군의 심각성에 대한 기사를 보면 '나도 번아웃 아닐까, 이렇게 힘들고 지쳐 있는데'라고 생각하는 현대인의 마음은 언제든지 아플 준비가 되어 있다.

아직 진짜로 다가오지 않은 고통에 대한 과잉된 자기방어가 신체에 좋은 영향을 끼치는 것은 아니다. 웬만한 고통은 스스로 견뎌내는 것, 슬픈 감정을 숨기지만 말고 얼른 주변에 적극적으로 도움을 구해 부정적인 감정으로부터 해방되는 것, 고통을 자기파괴의 무기로 쓰는 것이 아니라 고통을 통해 삶의 진실을 배우는 것. 이런 자세야말로 그 어떤 첨단 신약보다 우리 마음을 건강하게 만들어주는 정신의 해독제다.

방어기제의 빛과 그림자

우울증에 대한 과열된 자기진단에는 행복에 대한 강박증이 숨어 있다. 현대인은 너무 심하게 '지금 행복한가, 아닌가? 정말 행복한가? 그런 척하는 것인가?' 되물으며 자기진단을 내리곤 한다. 행복 강박증은 건강 염려증만큼이나 피곤한 마음고문이다. 자신의 상태를 행복과 불행, 성공과 실패, 승리와 패배 등의 이분법으로 자주 진단하는 것은 정신을 황폐화시킬 뿐, 결코 총명한 정신건강 관리법이 아니다.

방어기제는 인간의 고통을 줄이는 데 큰 역할을 하지만, 과도한 방어기제는 오히려 정신적 치유를 가로막는 방해물이 될 때가 많다. 소리에 예민한 사람들은 아주 작은 일상 소음에도 '저 소음은 분명히 나를 일부러 기분 나쁘게 하려는 의도가 있을 거야'라는 식의 부정적인 해석을 한다. 타인의 시선에 지나치게 민감한 사람들은 누군가가 자신을 물끄러미 쳐다보기만 해도 저 사람이 나를 싫어한다는 극단적인 해석을 하곤 한다.

건강한 정신 상태에서 방어기제는 자극의 강도를 적절하게 조절한다. 하지만 피로하거나 고통스러운 상황에서는 '저 모든 것이 나를 공격하고 있다'는 식으로 상황 전체를 부정적으로 인식하게 한다. 현대인은 행복을 느끼는 데는 둔감해지고, 불행을 느끼는 데는 과민해지고 있다. 이렇게 높아진 방어기제가 예전에는 견딜 수 있었던 사소한 불편마저 이제는 견딜 수 없는 불행으로 만들어버리는 것이다.

정신분석가 권혜경 박사는 《감정조절》(을유문화사, 2016)에서 '우리 두뇌에 위험신호를 보내는 편도체'를 자극에 이성적으로 반응하도록 훈련함으로써 우울증을 비롯한 각종 정신질환에서 해방될 수 있는 길을 제시한다. '이건 좋지 않은 상황이야' '이건 심각한 상황이군'이라는 위험신호를 보내는 편도체가 너무 작은 자극에는 반응하지 않게 하는 것이다. 방어기제를 좀 더 높이는 감각훈련이야말로 일상 속에서 실천할 수 있는 우울증 예방법이다.

회복탄력성, 우울증을 극복한 사람들의 무기

왜 어떤 사람은 어린 시절의 작은 상처조차 평생 간직하며 그 아픔에서 헤어나오지 못하고, 어떤 사람은 끔찍한 재난에서 간신히 살아남고도 트라우마를 극복해 씩씩하게 살아나가는 것일까. 오랫동안 외상 후 스트레스 장애 환자들을 돌봐온 심리학자 게오르크 피퍼Georg Pieper는 《쏟아진 옷장을 정리하며》(부키, 2014)에서 이런 심리적 차이를 낳는 변수가 '회복탄력성'이라고 말한다.

그는 상담 중에 '쏟아진 옷장'이라는 비유를 즐겨 사용한다. "왜 어떤 사람들은 심한 스트레스에도 불구하고 심신이 건강한데, 어떤 사람들은 무너져버리는 것일까?"라는 질문에 대답하기 위해서다. 쏟아져버려 엉망진창이 된 옷장에 아무렇게나 옷을 던져넣는 것이 아니라, 옷을 완전히 다 꺼내서 하나하나 새로 정리하는 것만이 진정한 해결책인 것처럼, 우리 마음도 그렇다는 것이다. 우울증이 생겼다며 약부터 챙겨먹고, 삶의 진짜 문제를 돌아보지 않는다면, 자신의 문제를 날카롭게 직시할 수 있는 혜안을 가지려 하지 않는다면, 아무렇게나 구겨진 옷들이 언젠가는 또 쏟아질 수 있듯이 마음 또한 언젠가 더 처참하게 무너져내릴 것이다.

물론 마음을 정리하는 것은 옷장을 정리하는 것보다 훨씬 어려운 일이다. 옷들을 모두 꺼내 하나하나 손빨래를 하고 햇볕에 탈탈 털어 말리듯, 상처도 하나하나 꺼내 굳이 곱씹어야 하고, 굳이 되새겨야 하고, 굳이 한 번 더 실컷 울어서라도 해방을 시켜야 한다. 물론 상처의 흔적이 곳곳에 묻어 있는 '감정의 빨래'를 하나하나 꺼내 세탁하고 말리고 정리하는 일은 쉬운 일이 아니다. 하지만 자신의 상처와 용감히 대면하는 그 힘겨운 과정은 고통스럽지만은 않다. 때로는 속 시원히 울어보기도 하고, 때로는 나를 지키지 못한 나 자신에게 호통을 쳐보기도 하면서, 숨기고 억눌러왔던 감정과 만나는 아름다운 자기발견의 시간이기도 하다.

우울감을 가속화하는 사고방식을 하나하나 되새겨보자. 첫째, '삶이 적어도 이 정도는 되어야 하는데, 왜 나는 여기까지밖에 안 되는 것일까'라는 생각은 자존감을 깎아내린다. 그 기준을 꼭 낮출 필요는 없지만, 그 기준으로 자신을 괴롭히는 일은 그만둬야 한다. 한번 되돌아보자. 의식주의 기준, 수입의 기준, 소비의 기준을 어느 정도에, 심지어는 누구의 수준에 맞추고 있는지를. '이 정도는 돼야 행복할 수 있지'라는 기준이 오히려 자신을 억압하고 짓누르고 있는 것은 아닌지를.

둘째, '하필이면 왜 나에게 이런 일이 일어나는가'라는 식의 질문으로 스스로를 괴롭히지 않아야 한다. 물론 처음에는 당연히, 본능적으로 그런 의문이 불이 나듯 한순간에 일어난다. 누군가가 자신을 지속적으로 괴롭힐 때, 갑자기 병마가 덮쳤을 때, 아무도 예상하지 못한 사고가 일어났을 때, 우리는 '왜 하필 나인가'라는 질문에 사로잡힌다. 하지만 그 질문은 스스로를 구하지 못할 뿐 아니라 다른 사람까지 괴롭히는 흉기라는 걸 잊으면 안 된다.

언젠가 내게 일어난 심각한 사건으로 괴로워할 때, 굉장히 무뚝뚝한 내 친구가, 평소에는 조언이나 충고 같은 것은 전혀 하지 않는 그 친구가, "피할 수 없다면 즐기라"라고 말해줘서 엄청난 위로를 받은 적이 있다. 그 말이 태어나 처음 듣는 말처럼 새롭게 느껴졌다. 친구에 대한 나의 신뢰감 때문에 그 평범한 말이 더욱 소중하게 각인된 것 같다. 나는 그때 내가 최악의 상황을 절대로 피할 수 없다는 것을 자각했다. 내게 일어난 사건과 그 관계자를 원망할 시간에, 차라리 고통스러운 상황을 즐길 수 있는 방안을 강구해야 한다는 걸 깨달았다.

셋째, '어딘가 분명 좋은 방법이 있을 텐데, 나만 모르는 건 아닌가' 하는 질문을 멈춰야 한다. 이제부터 알면 된다. 그리고 어딘가 분명 좋은 방법이 있는 것도 아니다. 내 문제에 대한 최고의 해결방안은 오직 나만 생각해낼 수 있다. 치유는 수동적인 처치가 아니라 적극적인 투쟁이다. 누군가 주는 약을 고맙게 받아먹었다고 나을 수 있는 병이 아니다. 내 아픔을 치유하려면 불굴의 전사처럼 아픔과 맞서 싸워야만 한다.

나는 아무런 상처도 없는 완벽한 사람이 아니라, 상처 입은 치유자가 되고 싶다. 상처 입은 치유자는 자신의 상처를 통해 처절하게 배운 지혜를 타인의 상처를 치유하는 데 쓸 줄 아는 사람이다. 굳이 그 사람을 낫게 하겠다는 적극적인 행동 없이도, 그저 곁에 있으면 마음이 편해지고 왠지 다 잘 해결될 것 같은 마음이 드는, 그런 사람이야말로 상처 입은 치유자 아닐까.

나는 심리학을 문학과도, 미술과도, 여행과도 연결시켜보면서 상처 입은 치유자가 될 수 있는 길을 찾고 있다. '마음'에 대한 모든 것을 심리학자나 정신과 의사에게만 맡겨버리기에는, 마음이란 문제가 너무 광대하고 복잡하며 중요해서다. 전문가에게 모든 것을 맡기고 편안해질 것이 아니라, 우리 스스로 치유자가 될 수 있는 힘을 기를 때, 비로소 문제는 해결의 기미를 보일 것이다.

심리학자 게오르크 피퍼는《쏟아진 옷장을 정리하며》에서 51명이 사망하고 6명만이 살아남은 독일 보르켄 광산 붕괴 사고의 생존광부들의 이야기를 들려준다. 그들은 수많은 동료들이 죽고 자신들만이 살아남았다는 사실에 고통스러워하며 깊은 죄책감에 시달렸다. 힘겹게 살아남았지만 그 기쁨보다는 세상을 떠난 동료들과 유족들에 대한 미안함이 더 컸던 것이다. 그런데 세상을 떠난 광부의 아내가 그들에게 보낸 반가운 인사가 그 죄책감을 따스하게 어루만져준다. 죽은 광부의 아내는 진심으로 그들이 살아온 것을 기뻐했던 것이다. 당신들이 살아주었기에, 그 캄캄한 갱도 아래서 도대체 무슨 일이 일어났는지, 남편이 어떻게 죽었는지를 우리에게 이야기해줄 수 있으니까. 당신들이 살아남았기에, 우리는 그들의 이야기를 조금이라도 더 들을 수 있으니까.

모든 질병이 치료보다는 예방이 효과적이듯, 우울증 또한 예방이 더욱 절실하다. 일상 속에서 때때로 느끼는 '우울감'이 심각한 우울증으로 발전되지 않으려면, '내 삶은 내가 움직인다'는 아주 기본적인 자기신뢰감을 되찾아야 한다. 이를테면, 삶의 주권을 되찾는 것이다. 미래는 보험회사에 떠맡기고, 교육은 학교와 학원에 떠맡기고, 국가는 정치인과 기업가에게 맡기고 발언권은 미디어에게 떠맡기며 진정한 삶의 주체성을 잃어버린 건 아닐까. 삶의 운전대를 거대한 시스템에 맡겨버림으로써, 시스템이 부재하는 곳에서는 살아남을 수 없는 나약함, 그 나약함에서 우울한 감정이 시작되곤 한다.

'나라는 존재가 해낼 수 있는 일이 없다' '나는 필요 없는 존재다'라는 좌절감에서 우울증이 시작될 수 있다. 우리가 진정 되찾아야 할 감정은 바로 이런 것들이다. 내 삶을 내가 일으킬 수 있다는 믿음, 문제를 스스로 해결할 수 있다는 자신감, 나를 둘러싼 세상을 내 힘으로 조금이라도 더 살 만하게 만들 수 있다는 희망, 삶의 주권을 되찾는 적극성이야말로 가장 필요한 첫 번째 우울증 치유제가 되어줄 것이다.

콤플렉스,
인간 정신의 화약고

콤플렉스, 유난히 예민한 정신의 뇌관

우리 마음속에는 건드리면 펑 터지는 지점이 있다. 상처가 유독 빽빽하게 모여 있는 곳, 아픈 기억이 뭉친 근육처럼 잔뜩 긴장하고 있는 곳, 그곳이 바로 콤플렉스가 자리하는 곳이다. 사람들은 자연스럽게 대화를 나누다가도 어떤 주제나 단어만 나오면 극도로 긴장한다. 그 단어를 듣기만 해도 피가 거꾸로 쏟는 듯한 분노를 느끼기도 하고, 정서적으로 알레르기 반응을 일으키며 싫은 표정을 감추지 못하기도 한다.

"너는 왜 그 이야기만 나오면 그렇게 예민하게 구는 거니?" 이런 반응을 들어본 적이 있다면, 그 부분은 당신의 콤플렉스일 가능성이 높다. 콤플렉스는 일상에서 누구나 자주 쓰는 심리학 용어가 되었다. "나는 영어에 콤플렉스가 있어." "저 사람은 완전히 콤플렉스 덩어리야." "그는 학벌 콤플렉스가 심해." "성격이 배배 꼬인 걸 보니, 콤플렉스가 심한 사람이야." 이런 식으로 사람들은 콤플렉스라는 단어를 매우 자연스럽게 쓴다.

일상에서 콤플렉스는 유난히 복잡하게 꼬인 부분, 정신적 에너지가 유독 모여 있는 곳을 가리킨다. 심리학에서 말하는 콤플렉스는 좀 더 복잡하다. 콤플렉스는 단지 심리적 약점이 아니라 온갖 탐험의 가능성으로 가득 찬 전인미답의 영역이며, 잠재된 무의식의 무한한 가능성이기도 하다. 콤플렉스를 부정적으로만 바라보지 않고 탐구하고 분석해, 인간 무의식의 새로운 가능성으로 보려는 의지만 있다면, 콤플렉스야말로 심리학으로 깊숙이 들어갈 수 있는 출입구가 된다. 스스로 인생을 주도할 수 있다는 믿음을 위협하는 것, 나다움을 앗아가는 것, 그것이 바로 콤플렉스인 것이다.

베레나 카스트Verena Kast는 《콤플렉스의 탄생, 어머니 콤플렉스 아버지 콤플렉스》(푸르메, 2010)에서 우리가 무심코 내뱉는 말들 중에 많은 문장이 실은 부모에 대한 콤플렉스를 표현하는 경우가 많다고 증언한다. "엄마처럼 살지 않을 거야." "엄마를 생각하는 것만으로도 힘이 나요." "나는 누가 뭐래도 아버지 같은 사람이 될 거예요." "남자들과 함께 있으면 나도 모르게 저절로 어리석어지며 순응하게 돼요." "저는 항상 나이든 남자들을 좋아했어요." "먼저 아빠한테 물어보면 제대로 대답해주실 거야." "나는 주위에 있는 사람들이 편안하게 느끼도록 모든 것을 다했어요." "나와 아버지는 하나였어. 우리는 누구에게도 방해받지 않는 우리만의 세계가 있었지." 이런 말들은 어머니와 아버지에 대한 집착과 증오, 원망과 분노, 자긍심과 질투심, 슬픔과 후회 등이 복합적으로 얽혀 있는 콤플렉스의 증거다. 우리가 무심코 내뱉는 말들, 그 속에 콤플렉스의 짙은 그림자가 드리우고 있는 것이다.

콤플렉스라는 단어를 처음으로 쓴 사람은 요제프 브로이어Joseph Breuer다. 그는 강한 정서적 반응을 일으키는 관념이나 기억의 모임을 콤플렉스라고 생각했다. 융은 이 개념을 더욱 확장하고 심화해 심리학의 핵심 개념으로 발전시켰다. 그는 환자들과 상담을 하며 그들이 어떤 특정 단어 앞에서 갑자기 머뭇거리거나 괴로워하는 모습을 자주 발견했다.

융은 이 현상에 착안해 언어 연상 시험을 개발했는데, 특정 단어에 대한 반응이 지연되거나 연상 자체가 불가능한 경우 또는 부자연스러운 연상 내용 등이 '잠재된 감정의 복합체', 즉 콤플렉스로부터 비롯된다는 것을 발견했다. 그는 환자들에게 강한 거부반응이나 반응 지연을 나타내는 빈도가 높은 단어들을 따로 분류했다. 예컨대 죽음, 이별, 상처 같은 단어들

앞에서 머뭇거리거나 반응이 늦는 환자들의 마음속에는 그것과 연관된 아픈 상처가 있을 가능성이 높았다. 죽음이나 아버지라는 단어에 강한 거부반응을 불러일으키는 환자는 아버지에 대한 증오심이 너무 강해 아버지의 죽음까지 바라는 공격적인 욕망이 숨어 있을 수 있다.

이런 것이 바로 콤플렉스다. 콤플렉스는 특정 정신질환을 앓고 있는 환자들에게만 있는 것이 아니라 누구에게나 있다. 의식적인 콤플렉스도 있지만 무의식적인 콤플렉스도 있다. 본인이 콤플렉스라고 생각하지 않는 부분에 뜻하지 않은 무의식적인 콤플렉스가 숨어 있는 경우가 더욱 문제이다. 콤플렉스가 무의식 밑바닥에 깊이 억압돼 있을수록, 그것은 더욱 강력한 힘을 발휘해 우리의 의식을 조종할 수도 있다. 콤플렉스, 즉 마음 깊은 곳의 응어리는 언제든 분노의 화약고로 돌변해 폭발할 수 있는 잠재력을 가지고 있다.

콤플렉스의 다양한 사례

화려하고 다채로운 미디어의 자극에 매일 노출된 현대인은, 어쩌면 나의 바깥을 탐사하느라 나의 내부를 탐구할 시간을 잃어버린 것인지도 모른다. 하지만 콤플렉스는 반드시 제거해야 할 적수 같은 것이 아니다. 콤플렉스를 진심으로 끌어안는 순간 우리는 자기 안의 숨은 잠재력과도 만날 수 있다. 나는 강연할 때마다 '나는 무대공포증이 있다'고 스스로에게 자기 암시를 준다. 일종의 자기노출인데, 의외로 효과가 있었다. 가리려고만 하지 않고, 아예 드러내버리고 인정해버리면 공포가 줄어들기 때문이다. '나는 무대공포증이 있다'는 오랜 콤플렉스를 스스로 겸허하게 인정하고 받아들임으로써, '너무 완벽하게 잘 해내야 한다'는 과도한 강박관념으로부터 벗어나게 된다.

콤플렉스의 종류는 워낙 다양하지만 사회가 복잡해지며 그 양상 또한 함께 복잡해지고 있다. 오이디푸스 콤플렉스, 엘렉트라 콤플렉스, 피터팬 콤플렉스, 레드 콤플렉스, 신데렐라 콤플렉스, 착한 여자 콤플렉스 등 이루 말할 수 없이 다양한 콤플렉스가 있지만, 현대인에게 가장 강력한 영향을 미치는 것은 아들러가 말한 열등감 콤플렉스 아닐까.

열등함과 열등감 콤플렉스는 다르다. 예컨대 '나는 수영을 못한다'는 사실을 아는 사람이 그것에 대해 별다른 부정적 감정을 느끼지 않는다면 단순한 부족함이지 콤플렉스는 아니다. 하지만 수영을 못하는 것과 물에 대한 트라우마가 얽혀 물놀이 자체에 대한 심한 거부감과 공포를 느끼는 사람은 열등감 콤플렉스를 지니고 있는 것이다. 즉 결핍 자체가 콤플렉스를 초래하지는 않는다. 결핍에 대한 감정이 콤플렉스를 심화시키는 것이다.

심리학자 가와이 하야오는《콤플렉스 카페》(파피에, 2011)에서 콤플렉스의 긍정적 측면을 지적한다. 콤플렉스는 넓은 의미에서 인간의 열등성을 가리키는 말이기는 하지만, 그와 동시에 인간이 자기 안의 한계에 갇히지 않고 더 커다란 노력을 기울이도록 만드는 원동력이 되기도 한다는 것이다. 콤플렉스를 극복하기 위해 우리는 그동안은 시도조차 해본 적 없는 새로운 도전을 기꺼이 받아들이기도 하고, 더 나은 자기 자신이 되기 위해 엄청난 위험을 감수하기도 한다. 즉 콤플렉스는 우리 안의 미운 오리 새끼처럼 언제 백조가 되어 날아오를지 모르는 무의식의 가능성인 셈이다.

가와이 하야오는 콤플렉스를 무조건 숨기고 억누르는 것보다는 무의식 깊이 잠재된 콤플렉스를 의식의 영역으로 끌어올려 의식과 무의식의 평등한 대결을 지향하는 것이 내적 성장의 지름길이라고 주장한다. 나는 콤플렉스 없는 자아실현은 불가능하다고 믿는다. 결핍과 매번 싸우는 험난한 투쟁을 경험하지 못한 사람은 자아실현, 즉 가장 자기다운 자기가 되어가는 심리적 변신의 과정을 버티는 게 어렵기 때문이다.

오스트리아의 정신의학자인 아들러는 개인심리학individual psychology의 주요 문제로 열등감 콤플렉스를 지적했다. 인간은 자기 안의 결핍과 열등한 요소를 쉽게 인정하지 못하지만 자신의 신체적·정신적 열등감을 보충하기 위해 끊임없이 노력한다. 그 과정에서 비로소 내적 성장을 이루게 되고 타인과의 조화로운 관계를 맺는 것도 가능하게 된다.

그런데 콤플렉스에 대한 보상심리가 지나치면, 콤플렉스를 극복하기 위해 너무 많은 희생을 감수하면서 지극히 타인 지향적인 인간이 될 수도 있다. 콤플렉스에 대한 보상심리는 누구에게나 있지만 그 보상심리를 어떻게 건강하게 활용하느냐에 따라 콤플렉스에 짓눌릴 것인지, 콤플렉스와 공존하면서도 그것을 극복할 것인지, 그 갈림길에 서게 된다.

심리학자 제임스 홀리스James Hollis는 《인생 2막을 위한 심리학》(부글북스, 2015)에서 현대인을 '저마다 너무 작은 신발을 신고 다니는 존재'로 비유한다. 자신에게 맞지 않는 신발, 즉 자신을 옥죄고 괴롭히는 작은 신발을 신은 채로 걷는다는 것은 인생을 지나치게 편협한 관점에서 바라본다는 것을 의미한다. 과거에 얽매이는 것, 나 자신의 가능성을 믿지 않는 것, 나는 결코 행복해질 수 없다는 부정적인 자기인식. 이 모든 자기규정이 우리 영혼의 확장을 가로막는 내부의 적이 아닐까. 어쩌면 콤플렉스에서 벗어나지 못하는 건 '내가 원하는 바로 그 능력이 없으면, 내 인생은 계속 풀리지 않을 거야'라는 자기 속박 때문이 아닐까. 우리는 이미 콤플렉스를 극복할 수 있는 힘과 지혜를 갖고 있다. 다만 그 힘과 지혜를 아직 다 꺼내어 쓰지 못했을 뿐이다.

때로는 자존심이라는 작은 신발을 신음으로써 콤플렉스와 마주할 기회를 놓쳐버리고, 때로는 타인에게 인정받고 싶은 욕구라는 작은 신발을 신음으로써 콤플렉스를 극복하기보다는 숨기는 데 급급해져버리는 것은 아닐까. 콤플렉스는 숨겨야 할 대상이 아니라 진심으로 마주해야 할 대상이다. 제거해야 할 대상이 아니라 생이 끝날 때까지 인생의 험로를 함께 헤쳐나가야 할 반려자다.

콤플렉스, 극복과 공존의 이중주

한덕현의 《마음속에는 괴물이 산다》(청림출판, 2013)는 슬럼프slump와 초크choke를 구분하는 일의 중요성을 강조한다. 예컨대 축구경기에서 관중들 모두가 극적인 역전골을 기대하는 순간, 스트라이커에게 마침내 기회가 왔을 때 안타깝게 실축을 한다면, 그것은 일시적인 초크이지 본질적인 슬럼프는 아니라는 것이다. 상대편이 훌륭하게 수비를 했거나 골대를 맞고 튀어나오는 불운을 겪는 것은 일시적인 장애물이지 영구적인 문제점이 아니기 때문이다. 사람들은 한순간의 실수나 장애물을 초크라고 생각하기보다는 슬럼프로 착각함으로써, 스스로 분명히 이겨낼 수 있는 어려움까지도 심각한 슬럼프로 단정해버리곤 한다. 매일 글을 쓰는 나는 거의 매일 초크를 겪지만, 그것이 슬럼프라고 생각하지는 않는다. 고난을 무겁게 받아들일수록 회복의 가능성은 줄어들기 때문이다. 오히려 글이 잘 쓰이지 않는 위기를 창조적으로 극복하기 위해 다채로운 활동에 도전하는 것이 좋다. 일시적인 초크를 슬기롭게 넘기고 더 싱그러운 창조성의 에너지를 찾기 위해 분투하는 것이 훨씬 지혜로운 접근이다.

오이디푸스 콤플렉스를 발견해낸 프로이트는 콤플렉스 덩어리였다. 프로이트는 아버지에게 인정받으려 엄청나게 노력했고 오랫동안 아버지를 존경했지만, 막상 아버지가 중병에 걸리자 무려 두 달간이나 휴가를 떠나고 말았다. 1896년 프로이트가 마흔 살이 되던 해 그의 아버지는 사망했고, 프로이트는 커다란 정신적 위기를 겪었다. 그런데 아버지가 돌아가신 뒤 프로이트의 행동이 이상했다. 아버지가 돌아가셨을 때는 이발소에 다녀온다며 장례식에 너무 늦게 참석했다. 프로이트도 자신의 그런 행동에 놀라워했고, 그것은 그를 자신에 대한 분석으로 이끌었다. 이런 자기분석의 결과로 탄생한 첫 번째 책이 바로《꿈의 해석》(1900)이다. 오이디푸스 콤플렉스는 그의 아킬레스건이었지만, 그는 이 분석을 통해 역사에 길이 남을 전무후무한 정신분석의 업적을 세운 것이다.

콤플렉스를 극복하려는 과정에서 우리는 자기 안의 깊은 상처를 만난다. 예컨대 나는 협동이라는 단어에 콤플렉스가 있다. 이 단어를 들을 때마다 거의 반사적으로 고통을 느낀다. 오래전에 다쳤던 상처라 이제 흉터만 남기고 다 아물어버린 줄 알았는데, 또다시 협동과 협업, 이런 단어를 들을 때마다 흠칫흠칫 놀라는 나 자신을 발견한다.

협동이라는 단어에 대한 내 콤플렉스의 기원은 초등학교 시절로 거슬러 올라간다. 문제는 생활기록부였다. 다른 성적이 잘 나올 때도 유독 협동심만은 낮은 평가를 받았다. 물론 협동심을 '수우미양가'로 평가할 순 없지만, 생활기록부에는 분명히 '가나다'로 평가하는 항목이 있었다.

담임선생님을 무척 무서워한 적이 몇 번 있었는데 그때마다 협동심에 대한 평가는 더욱 낮게 나왔다. 혼자 몽상에 잠기기 좋아하는 버릇, 친구들과 노는 것보다 혼자 있는 것을 더 좋아하는 모습 때문이었던 것 같다. 더 깊이 내 마음의 역사를 거슬러 올라가보면, 진심으로 혼자 있고 싶었다기보다는 어떻게 해야 친구들과 재미있고 조화롭게 지낼 수 있는지 전혀 방법을 몰랐던 것 같다. 지금도 초등학교 시절을 떠올리면, 어떻게 친구를 사귀어야 할지 몰라 안절부절못했던 어린아이의 한없이 당혹스러운 표정이 보인다. 그게 나였다.

협동심이 부족하다면 어떻게 그 콤플렉스를 극복해야 하는지 알려주지도 조언해주지도 않은 채, 생활기록부에 낮은 점수를 매기기만 했던 담임선생님에 대한 섭섭함도 남아 있다. 오랜 시간이 지나서야 깨달았다. 선생님의 평가를 그대로 받아들여, 내가 나 자신을 협동심이 부족한 아이라고 낙인찍어 버렸던 것이 가장 큰 상처라는 것을. 어린아이에겐 어른들의 평가에 저항할 능력이 없다. 어른들이 야단을 치거나 악평을 내리면 그저 그 내용에 따라 자기 이미지를 차곡차곡 형성하는 경우가 많다.

그 후로도 오랫동안 내게 협동이라는 단어는 난공불락의 성처럼 느껴졌다. 도저히 뛰어넘지 못할 마음의 벽이었다. 협동이 필요할 때마다 나는 내 안의 저주에 시달렸다. 넌 협동심이 부족하잖아. 넌 다른 사람들과 잘 지내지 못하잖아. 친구도 잘 사귀지 못하잖아. 이런 식으로 연쇄적인 자기비판을 확대재생산했다. 단지 초등학교 시절 생활기록부에 찍힌 스탬프

몇 개가 내 인생을 이토록 좌지우지할지는 몰랐다. 콤플렉스는 이렇게 강력한 파괴력을 지녔다. 콤플렉스를 느끼는 한 부분에서 끝나는 것이 아니라 주변의 모든 정서적 영역까지 자기부정의 목소리로 물들어버린다.

하지만 이토록 복잡하고 힘겨운 콤플렉스 때문에 자신도 모르게 뜻밖의 자기실현의 열매를 거두기도 한다. 나는 책을 만들며 내가 협동에 결코 문외한이 아님을 깨달았다. 협동의 소중함도 깨달았다. 출판기획부터 집필과 디자인, 홍보에 이르기까지, 이 모든 과정에는 수많은 사람과의 협동이 필요하다. 그 속에서 나는 글쓰기가 단지 고독한 내면의 몸부림이 아니라, 소중한 친구를 얻기 위한 간절한 몸짓임을 알게 됐다.

나이나 취향, 살아온 과정이나 생각의 방향이 전혀 다를지라도, 한 권의 책을 함께 만드는 일을 통해 우리는 뜻하지 않은 친밀감과 일체감을 느끼곤 했다. 내가 글을 쓸 때는 그저 한 사람의 작가지만 책을 출간할 때는 책 만드는 사람들이라는 공동체의 일원이라는 것이 좋다. 책을 만드는 기간 동안 엄청난 우여곡절이 있고, 그때마다 견고하게 쌓아올린 내 자아의 일부가 무너져내린다. 하지만 내가 진정으로 원하는 바람직한 협동 과정에서 일어난 갈등과 균열은 아름다운 부서짐이다.

협동이라는 단어에 대한 콤플렉스를 극복하는 과정에서 느끼는 자아의 분열은 보다 많은 사람이 더 나은 길을 걸어가기 위한 기쁜 무너짐이다. 경계를 확장하는 무너짐, 나다움을 뛰어넘는 부서짐, 마침내 나라는 견고한 장벽을 뛰어넘는 무너짐과 부서짐이기에. 나는 이제 협동이 진심으로 좋아졌다.

콤플렉스 또한 마찬가지다. 콤플렉스를 흔적 없이 말끔하게 치유하는 것이 목표가 아니라 콤플렉스를 의식하면서도 짓눌리지 않는 것. 나아가 정말 결정적인 순간이 왔을 때는 자신도 모르게 콤플렉스의 존재를 잊고 뛰어넘어야 할 인생의 장애물을 훌쩍 뛰어넘는 용기. 그런 용기를 가질 수 있다면 콤플렉스는 더 이상 우리 정신을 짓누르지 않을 것이다. 그러니 콤플렉스가 당신을 짓누르고 짓밟아도 절대로 기죽거나 절망하지 말기를. 어쩌면 콤플렉스가 나를 완전히 새롭게 재창조할 수도 있으니까. 어쩌면 삶의 숨은 가능성을 일깨워줄 수도 있으니까.

콤플렉스를 적이 아니라 반려자로 받아들일 때, 콤플렉스는 당신의 장애물이기를 멈추고 강력한 정신적 에너지의 원천이 되어줄 것이다. 콤플렉스를 받아들이고 극복하려 노력할 때 우리는 비로소 자기 정신의 진짜 주인공이 된다.

외상 후 스트레스 장애, 끝나지 않는 상처의 역습

피할 수 없는 재난의 이면, 외상 후 스트레스 장애

문명의 이점이 속도의 발명이라면, 문명의 그림자는 재난의 발명이다. 더 빨리 달리고 더 빨리 날고 더 빨리 움직일수록, 우리는 더 크고 더 무섭고 더 끔찍한 재난에 노출된다. 날이 갈수록 그 범위와 파급력이 커지는 재난의 이면에는 끊임없이 상처받고 고통받으며, 점점 예전의 자신을 잃어가는 인간의 깊은 상처, 외상 후 스트레스 장애가 가로놓여 있다.

더 빠르고 더 세련된 기계를 발명할 때마다, 더 무섭고 더 끔찍한 재난을 함께 발명하고 있는 셈이다. 문명이 발전할수록 재난의 파괴력도 함께 커지면서, 우리는 편리한 문명의 이점을 누리는 대신, 항시적인 대재난의 위험을 떠안고 살아가게 됐다. 속도의 발명은 재난의 발명으로 이어지고, 그 뒤를 따르는 것은 외상 후 스트레스 장애를 비롯한 갖가지 정신적 고통이 되었다.

1970년대까지만 해도 질병의 반열에 오르지 못했던 외상 후 스트레스 장애는 이제 정신의학에서 가장 중점적으로 다루는 질병 중 하나로 자리매김했다. 21세기로 접어들며 외상 후 스트레스 장애가 급격하게 늘어난 또 하나의 이유는 문명의 발전과 함께 현대인의 삶의 패턴이 변화했기 때문이다. 점점 더 개인화돼가는 현대인의 생활 속에서 사람들은 정신적 고통을 공동체의 문제가 아니라 개인의 문제로 경험한다.

과거의 대가족 제도와 마을 공동체 사회 속에서 사람들의 고통은 우리 모두의 문제였지만, 1인 가구가 급증하고 혼밥과 혼술이 급격히 대중화된 현대사회에서 개인의 고통은 개인이 혼자 처리해야 할 문제로 제한돼버리고 말았다. 사람들은 고통을 드러내 말하는 것을 수치스럽게 생각하며, 타인의 고통에 관심 갖는 것을 오지랖 넓은 행동으로 폄훼한다.

문명의 속도를 얻은 대신 추락, 붕괴, 테러 등의 대규모 재난으로 인해 언제라도 피해자가 될 가능성이 높아졌을 뿐 아니라, 그 커다란 재난 앞에서 혼자 고통을 돌봐야 하는 현실에 직면하게 된 것이다.

재난이 일어났을 때 처음에는 온 나라가 들썩이다가 점점 '당신의 상처는 당신이 알아서 처리하시죠'라는 쪽으로 돌아서는 사회의 냉정한 반응을 지켜보는 피해자들. 그들은 추락, 붕괴, 화재 등의 1차 트라우마보다 더 끔찍한 2차, 3차 트라우마를 겪게 된다. 도와주지 않는 이웃, 공감하지 않는 타인, 상처 입은 사람들을 향해 각종 유언비어를 지어내 비난하는 사람들. 재난 이전까지만 해도 '설마 나에게 저런 일이 일어날까'라고 생각했던 사람들이 막상 재난의 당사자가 되면 재난보다 더 무서운 타인의 냉대를 겪곤 한다. 외상 후 스트레스 장애의 의학적 치료도 중요하지만, 가장 먼저 바뀌어야 하는 건 바로 이런 집단적 냉소의 문화다.

이런 문화는 '힘들고 고통스러운 문제는 그만 생각하고 싶다'는 집단적 방어기제의 발로지만, 그 방어기제로 인해 누군가는 더욱 커다란 상처를 입을 수 있다는 점을 잊지 말아야 한다. 외상 후 스트레스 장애의 치명적인 고통 중 하나는 '재난 이전'과 '재난 이후'가 결코 같지 않음을 깨닫는 것, 즉 '재난 이전의 나로 절대로 돌아갈 수 없다는 사실'을 깨닫는 참혹한 자기인식이다.

하지만 '주변에 나를 진심으로 걱정하는 사람들이 있다'는 심리적 안전장치야말로 이런 슬픔을 겪는 사람들에게 커다란 위안이 될 수 있다. 심각한 사고로 돌이킬 수 없는 상실을 겪었을 때, 그 기나긴 극복과 치유의 과정에서 무엇보다도 '나는 원래 스스로를 책임질 수 있는 사람이었다'는 것을 기억해내는 것이 중요하다. 내 두 손으로 나를 챙기고, 내 두 발로 인생의 길을 걸어왔던 나에 대한 기억을 잊지 않는 것이야말로 치유의 시작이 될 수 있다.

얼음 반응, 육체와 정신의 뜻하지 않은 분리

감당하기 어려운 재난을 겪었을 때, 사람들은 이렇게 고백하곤 한다. 몸과 마음이 분리된 것처럼, 몸이 말을 듣지 않는다고. 아무것도 느낄 수가 없었다고. 이렇듯 외상 후 스트레스 장애를 앓는 사람들의 공통적인 반응 중 하나가 바로 '얼음 반응freezing response'이다.

재난을 당했을 때의 증상은 주로 '이성적인 반응을 해야 한다고 생각하는 정신'과 '좀처럼 뜻대로 되지 않는 육체'가 분리되는 것이다. 누군가 불의의 사고로 죽는 장면을 눈앞에서 목격한다든지, 대형 화재나 폭발 사고 등이 일어났는데 자신은 아무것도 할 수 없는 상황에 처했을 때, 사람들은 뭔가 필요한 조치를 적극적으로 해내기보다는 얼음처럼 몸이 굳어지는 경험을 한다. '이러면 안 되는데, 뭐라도 해야 하는데'라는 생각과 달리, 몸이 좀처럼 움직여지지 않는 것이다.

이런 상태를 얼음 반응 또는 긴장성 부동不動이라고 하는데, 이것은 재난에 대한 전문적인 훈련이 되어 있지 않은 모든 사람이 겪기 쉬운 신체 반응이다. 그런데 문제는 사람들이 바로 이 얼음 반응 때문에 사후적인 죄책감을 느끼고, '내가 좀 더 잘 대처했더라면 그때 그 재난의 피해가 훨씬 적어졌을 텐데'라는 책임감을 느끼게 된다는 점이다.

얼음 반응은 신체와 정신을 보호하기 위한 일종의 방어기제다. 곰 같은 거대한 맹수가 지나갈 때 맞서 싸우기보다는 차라리 죽은 척하는 것이 살아남을 확률이 높은 것처럼, 인간의 육체는 수많은 경험을 통해 '위기 상황에서 섣불리 움직이는 것보다 차라리 가만히 있는 게 낫다'는 것을 경험으로 학습해왔다. 물론 이런 방어기제가 언제나 효율적인 것은 아니지만, 신체는 얼음 반응을 함으로써 재난의 충격으로부터 자신을 보호하는 것이다.

《내 인생을 힘들게 하는 트라우마》(소울메이트, 2013)를 쓴 임상심리상담사 바빗 로스차일드Babette Rothschild는 '얼음 반응은 본능이다'라는 사실을 환자에게 이해시킬 수만 있다면, 환자 스스로 죄책감에서 벗어나게 할 수 있다고 말한다. 투쟁, 도피, 얼음 반응은 자율신경의 움직임에 따른 생존 반응이라는 것이다.

적에 맞서 싸울 수 있다는 판단이 들면 투쟁을 할 수 있지만, 싸우는 것보다 도망가는 것이 낫겠다 싶을 때는 도피를 택하는 것이 인간의 본능이다. 얼음 반응은 싸울 수도 도망갈 수도 없을 때, 그러니까 상황이 최악일 때 몸이 선택하는 생존 반응이다. 현실감각이 사라지고, 시간이 평소보다 천천히 흐르면서, 두려움이나 고통마저 사라지는 상태. 맹수에게 물리거나 높은 곳에서 떨어지고도 살아남은 사람들은 신체와 정신이 분리되는 것 같았다고 증언한다. 맹견에게 물렸던 사람은 개의 그림자만 봐도 얼음 반응을 느낄 수 있다.

심각한 재난에서 나만 살아남았다고 고통받는 사람에게 필요한 것은 무엇일까. 중요한 건 도피했다는 사실이 아니라 살아남았다는 것임을, 나아가 살고자 하는 본능은 결코 죄가 아니라는 것을 일깨우는 과정이 필요하다. 피할 수 없는 재난이 결코 나 때문이 아니라는 것을 다각도로 환기하는 것도 중요하다. '왜 나는 그 상황에서 좀 더 적극적으로 저항하지 못했을까'라고 생각하며 자신을 질책하는 것이야말로 외상 후 스트레스 장애를 더욱 심화시키는 지름길이다.

강간은 강간범의 잘못이지 결코 피해자의 잘못이 아니라는 것을, 학대는 학대자의 잘못이지 결코 학대받는 자의 잘못이 아니라는 점을 생존자 스스로 깨달아야 한다. 영화 〈굿 윌 헌

팅〉(구스 반 산트 감독, 1998)에서 아버지에게 학대당한 트라우마를 안고 살아가는 주인공에게 의사가 "네 잘못이 아니야!It's not your fault!"라고 반복적으로 말하는 것처럼, 오래전에 일어난 일을 마치 어제 일어난 것처럼 생생하게 기억하는 사람, 그 고통의 원인이 자신에게 있다고 생각하는 사람에게는 피해자가 아닌 생존자의 감각을 일깨워줄 필요가 있다. 수동적으로 피해를 입은 자에서 그치지 않고, 그 힘든 상황 속에서 살아남은 자, 생존자라는 것만으로도 승리자임을 일깨워줘야 한다.

극복과 치유, 머나먼 항해 그러나 가능한 여정

재난이 내 몸을 덮쳤던 그 순간, 내가 얼마나 두렵고 고통스러웠는지 고백하는 일은 중요하다. 고통을 나눌 사람이 있다는 것, 두려움을 고백할 사람이 있다는 것이야말로 치유의 닻이 되어준다. 아픔을 고백하고 공감해줄 사람이 있다면, 고난의 바다를 향해 아무리 멀리 항해한다 하더라도, 다시 돌아와 마음의 닻을 내릴 수 있는 것이다.

치유자의 역할은 그런 공감의 파트너가 되거나 공감의 대상을 상상하게 해주는 것이다. 바빗 로스차일드는 《내 인생을 힘들게 하는 트라우마》에서 교통사고 이후 누구에게도 자신의 상처를 말하지 못한 환자 게일의 이야기를 들려준다. 게일에게 교통사고보다 더 충격적인 것은 그 사고를 가장 먼저 발견한 경찰의 반응이었다. 경찰은 게일이 살아 있는지 제대로 확인조차 하지 않은 채 사고 이후 부서진 잔해들이나 수습해야겠다고 판단했다고 한다.

게일은 '나는 살아 있다'고 '결코 죽지 않았다'고 말하고 싶었지만 너무 충격을 받은 나머지 그 마음은 목소리가 되어 밖으로 나오지 못했다. '저 사람이 나를 죽은 사람 취급한다'는 것이 너무도 고통스러운 나머지, 사고의 충격보다 그 경찰에 대한 분노를 더 많이 표현할 정도였다.

아직도 그때 그 시간의 충격, 고통, 분노에 고착돼 있는 게일에게 상담사는 이런 제안을 한다. 당신이 가장 믿고 의지할 만한 사람, 당신이 어떤 이야기든 다 할 수 있는 친구를 상상해보라고. 그런 사람에게 당신의 고통을 이야기한 적이 있냐고. 게일은 슬픔에 잠겨 고백한다. 자신이 그동안 얼마나 힘들었는지, 얼마나 두려움에 떨었는지, 아무에게도 이야기하지 못했다고. 그는 다른 사람들을 안심시키기고, 자신이 건재하다는 것을 증명하기 위해, 살아남은 것이 천만다행이라고 이야기했을 뿐이었다. 정작 돌봐야 할 자신의 고통은 누구에게도 내보이지 못한 채, 그는 '나는 살아남았으니 얼마나 축복받은 사람인가'라는 긍정적인 메시지만을 전달하려 했던 것이다.

상담사는 게일에게 '당신이 가장 믿는 사람을 상상하면서, 그에게 당신이 겪은 모든 고통을 털어놓으면 어떨까'라고 제안함으로써 그의 상처를 치유할 수 있었다. 게일은 상담사를 상상 속 친구로 삼아 그날 자신이 느꼈던 온갖 분노와 수치심, 고통과 두려움을 모조리 털어놓았다.

그때 그 시간의 공포와 분노에 고착돼 있는 외상 후 스트레스 장애 환자에게 필요한 또 하나의 감각은 바로 과거와 현재가 전혀 다르다는 느낌이다. 당신은 이제 그때 그 시절의 위험으로부터 자유롭다는 것, 이제 그 사건은 당신에게 완전히 종결된 것이라는 점, 그때 그 사건은 더 이상 현재의 사건이 아니라는 것을 일깨워주는 것이야말로 외상 후 스트레스 장애 치료에서 매우 중요한 조치다. 그때는 피할 수 없었지만, 지금은 피할 수 있다는 느낌, 그때 그 끔찍한 사건은 더 이상 일어나고 있지 않다는 실재감을 강화하는 것이야말로 환자에게 용기를 북돋워줄 수 있다. 예컨대 강간이나 폭행을 당할 때 아무것도 할 수 없었다는 사실 때문에 괴로워하는 환자들에게, 그때는 움직일 수 없었지만 지금은 스스로 움직일 수 있다는 사실을 일깨워주고, 몸의 움직임 하나하나를 명징하게 느껴보게 하는 것이야말로 효과적인 트라우마 치료가 될 수 있다.

내가 나임을 느끼는 것, 나와 나 아닌 것의 경계를 구분하는 것 또한 외상 후 스트레스 장애에서 중요한 치유법이다. 특히 신체적인 학대나 공격으로 인해 발생한 외상 후 스트레스 장애에는 신체적 통합의 감각, 나와 나 아닌 것 사이의 경계를 분명히 나누는 감각이 상실되는 경우가 많다.

타인의 신체 일부가 자신의 몸에 닿기만 해도 극심한 스트레스를 느끼는 환자들 또한, 피부를 통해 나와 나 아닌 것의 경계를 느끼는 훈련이 중요하다. 이것은 영역감sense of boundary을 되찾는 방법이다. 양손으로 몸 전체를 천천히 문질렀을 때의 느낌, 의자가 엉덩이에 닿는 느낌, 신발이 발에 닿는 느낌, 손바닥을 허벅지에 올려놓는 느낌 등 다양한 감각을 느끼게 하는 것이다.

이런 촉감 훈련은 살아 있다는 느낌을 되찾아주고, '이게 바로 나구나' '여기서부터 여기까지가 바로 나구나' 하는 영역감을 되살아나게 한다. 그렇게 나는 어떤 존재인가에 대한 과거의 감각, 생생하고 구체적인 자아에 대한 감각을 회복시켜주는 것이다. 나 스스로 지켜야 할 나, 내가 돌봐야 할 나 자신에 대한 느낌을 되찾는 것이야말로 외상 후 스트레스 장애를 극복하는 길이다.

바빗 로스차일드는 같은 책에서 신체 접촉 자체를 너무나 두려워해 친구조차 없는 헬렌이라는 환자를 치료하는 과정을 이렇게 설명한다. 헬렌은 상담사인 바빗에게 어깨를 쓰다듬거나 건드리지 말라고 요구한다. 상담이 끝난 뒤 환자에게 작별 인사를 하기 위한 제스처조차 거부했던 것이다.

피부와 근육 자체가 지나치게 민감한 헬렌을 위해 상담사는 근력 증강 운동을 제안한다. 팔굽혀펴기와 윗몸일으키기, 도보 운동을 통해 근력을 키우고, 원치 않는 접촉을 피하는 방법과 다른 사람의 손이나 어깨를 자신의 신체에서 떼어내는 방법도 가르쳐줬다. 헬렌도 지하철이나 버스에서 타인과 접촉하는 것이 불가피하다는 건 알고 있었다. 그럴 때 자연스럽게 타인의 신체에서 자신을 분리해내는 법을 알게 된 헬렌은 이제 상담사와 함께 사회적 접촉에 익숙해지는 법을 배웠다. 상담사와 신뢰를 쌓아가면서 타인이 자신의 어깨에 손을 올리거나 등을 토닥이는 것이 결코 불쾌한 것이 아님을, 세상에는 행복한 접촉도 있다는 것을 배우기 시작하자, 헬렌은 점점 밝고 따스한 미소를 짓게 되었다. 오히려 상담사가 악수를 청하거나 자신의 어깨를 두드리는 것을 바라게 된 것이다.

외상 후 스트레스 장애 환자에게 절실히 필요한 것은 자신이 끔찍한 사고 이전과는 너무도 달라져버렸다는 느낌, 더 이상 내 삶의 주인이 내가 아니라는 느낌, 내가 좀 더 용감하고 유능했더라면 그런 일을 겪지 않았을 거라는 생각으로부터의 탈출이다. 외상 후 스트레스 장애의 치료는 결국 외부의 자극을 견디는 내적 힘을 기르는 것이다. 신체적 자극을 융통성 있게 받아들이는 힘, 나아가 부정적인 자극조차 긍정적인 자극으로 바꿀 줄 아는 지혜를 기르는 것이다.

영어 표현 중에 thin skinned(비판이나 모욕 등에 상처를 잘 받는다는 의미)는 외상 후 스트레스 장애 환자의 상태를 정확히 표현한다. 신체적 피부뿐 아니라 정신적 피부도 매우 얇은 상태여서 아주 작은 자극이나 상처도 참지 못하게 되는 상태라는 것이다. 이런 아픔을 겪고 있는 환자들에게는 일종의 고정 장치가 필요하다. 상처를 받은 후에도, 마음이 몸 밖으로 달아나버린 것 같은 극심한 해리 증상을 겪고 난 뒤에도, 나는 나 자신으로 돌아올 수 있다는 믿음을 회복시켜줄 고정 장치가 필요하다. 그 고정 장치는 바로 소중한 사람들의 사랑과 믿음이다. 이미 일어나버린 나쁜 사건을 바꿀 수는 없다. 하지만 우리에게는 그 나쁜 사건에서 성숙과 깨달음의 의미를 발견할 수 있는 힘이 있다.

방어기제, 나를 지키기 위한 마음의 무기

마비와 부정, 아픔을 느끼지 않기 위한 방어기제

괴로움이 엄습할 때 당신이 가장 자주 쓰는 방법은 무엇인가. 일단 고통을 일으키는 것 같은 자극으로부터 도망가는 게 가장 확실한 방법일 것이다. 회피나 부정은 우리가 가장 자주 쓰는 방어기제다. '이런 끔찍한 일이 나에게 일어났을 리가 없어' '이건 분명 꿈일 거야'라고 생각하는 마음 자체가 우리 자신을 불안의 폭풍우로부터 지키기 위한 방어기제다.

문제는 이 방어기제가 늘 효율적이지는 않다는 점이다. 회피는 순간의 공포나 불안을 줄이게는 해주지만, 근본적인 문제 해결에는 도움이 되지 않는다. 오히려 회피나 부정이 습관으로 굳어지면 '나의 진짜 문제는 무엇인가'에 대해 스스로 질문하고 대답하는 능력마저 마비된다. 방어기제는 고통으로부터 우리를 보호해주는 대신, 고통을 진단하고 치유하는 자기

정화 시스템을 망가뜨릴 수도, 스스로 고통의 원인을 느끼고 진단할 자율적인 힘을 빼앗아갈 수도 있다.

방어기제는 매우 미묘하고 복잡하게 작동해서, 우리 자신조차 그 활동을 알아차리지 못할 때도 많다. 예컨대 흔히 '적반하장도 유분수지'라는 하소연이 저절로 나오는 어처구니없는 상황을 만날 때가 그렇다. 상대방은 우리가 무슨 말을 하기도 전에 먼저 화를 낸다. 이쪽에서 뭔가 의미 있는 비판이나 공격을 한 것도 아닌데, 지레 겁을 먹고 '네 의견은 다 틀렸다'는 식으로 비난을 하는 사람들은 '공격당할지도 모른다는 공포' 때문에 선수를 치는 경우가 많다. 즉 '저 사람에게 나의 부족함을 들키기 전에, 미리 선제공격을 해야겠다'는 무의식적 판단 때문에 상대를 괜스레 먼저 공격하는 것이다.

난데없이 화를 폭발하는 적반하장식 공격은 주로 상대방의 우월함에 대한 열등감과 나는 결코 공격받아서는 안 된다는 방어기제의 합작품이다. 과도한 방어기제는 이렇듯 화를 막기 위해 애를 쓰다 오히려 더 큰 화를 불러들이는 딜레마를 초래한다. 나를 지킨다는 명목으로 과도하게 자신을 방어하다가, 나를 지켜주던 소중한 관계까지 파괴할 위험이 있는 것이다.

안나 프로이트는Anna Freud 《자아와 방어기제》(열린책들, 2015)에서 초인종을 과도하게 울려대는 소년의 이야기를 들려준다.

이 소년은 맹렬하게 초인종을 울려대다가 문이 열리자마자 하녀를 질책했다고 한다. 왜 초인종을 제대로 못 듣고, 왜 이렇게 늦게 나왔냐고. 소년은 일종의 선제적 공격을 한 것이다. 자신이 비난받을까 봐 남을 먼저 비난해버린 셈이다. 초인종을 지나치게 울려대고 화를 내는 자신의 모습을 누군가에게 들키거나 비난받을까 봐, 애꿎은 하녀를 먼저 비난해버림으로써 비난받을 가능성을 차단해버린 것이다. 성격이 조급하다고 잠시도 기다리지 못한다고 남들에게 비난받을까 봐, 소년은 높은 방어기제를 쌓음으로써 자신을 순간적으로 지켜낸 것이다. 하지만 이런 방어기제는 소년의 조급증을 치유하는 데는 아무런 도움이 되지 않는다.

지크문트 프로이트의 딸 안나 프로이트는 인간의 마음속 방어기제가 공격자와 자기 자신의 동일시까지 나아갈 수 있다고 주장한다.

어둠을 무서워하는 소녀의 사례다. 소녀는 어두운 거실에서 유령이 튀어나올까 봐 두려워했다. 항상 어두운 방을 두려워했던 소녀는 마침내 자기만의 해법을 찾았고, 오랫동안 자신을 괴롭히던 불안으로부터 해방되었다. 소녀의 해법은 미친 사람처럼 기괴한 몸짓을 하면서 거실을 마구 달리는 거였다. 어둠 속에서 유령을 보게 될까 두려웠던 소녀는 마침내 자신이 유령처럼 됨으로써 두려움의 대상이 아닌 두려움의 주체가 된 것이다. 소녀는 동생에게 이렇게 이야기했다고 한다. "전혀 걱정할 필요 없어. 내가 혹시 마주칠지도 모르는 유령인 척하면 되는 거야." 소녀가 만들어낸 기괴한 몸짓은 바로 그녀가 상상했던 유령의 이미지였다.

안나 프로이트는 바로 이런 본능적 방어기제가 원시 사회에서도 발견되는 인간의 모습이었다고 주장한다. 원시 사회의 종교 의식에도 유령이나 괴물을 두려워하는 사람들이, 바로 그 유령이나 괴물의 형상을 하고 음악과 춤을 의식에 곁들여 두려움을 쫓아내는 제의가 치러졌다. 가면이나 놀이를 통해 오히려 자신이 불안의 원인을 제공하는 자가 됨으로써 불안을 떨쳐버리는 것은 인간이 두려움을 극복하기 위한 본능적 방어기제였던 것이다. 인간의 기발한 방어기제를 통해 항시적 불안이나 공포가 오히려 놀이나 제의의 쾌락으로 변신하는 셈이다.

마음놓침 상태를 벗어나기 위한 마음챙김

> 여러분은 어떤 수준level의 신을 믿는가? 먹을 것이 여러분의 궁극적인 관심인가? 그렇다면 어떤 음식인가? 물질적인 음식, 정서적인 음식, 정신적인 음식, 자아초월적인 음식. 이 가운데 어떤 것인가? (…) 한마디로 말해, 여러분은 무엇을 숭배하는가? 이것은 진정 의미 있는 질문이다.
>
> **켄 윌버**Ken Wilber, **《켄 윌버의 통합비전》**(김영사, 2014)

방어기제는 고통을 피하는 데는 도움을 주지만 고통의 원인을 완전히 제거하지는 못한다. 자기 안의 두려움을 극복하는 최초의 발걸음은 '내가 무엇을 원하는가, 그리고 내가 원하는 것과 내가 두려워하는 것의 관계는 무엇인가'를 스스로 인식하는 것이다. 시험에 꼭 합격하고 싶은 수험생은 '혹시나 시험을 잘 못 보면 어떡하지'라는 두려움 때문에, 행운을 위협할지도 모르는 모든 잠재적 자극에 극도로 예민한 반응을 보인다. 시험이 다가오면 평소보다 방어기제가 극도로 예민해지고 강력해지는 것이다.

나는 사랑하는 사람에게 버림받을지도 모른다는 두려움에

빠진 이들은 아주 평범하고 사소한 자극에도 심각한 공포 반응을 보인다. 모든 곳에서 버려짐의 징후를 보는 것이다. 자라 보고 놀란 가슴 솥뚜껑 보고 놀란다는 속담이 바로 이런 과잉된 방어기제를 가리키는 것이다. 아무것도 아닌 일에도 깜짝 놀라고, 사소한 자극에도 공격받았다고 느끼는 감정의 배후에는 내가 가장 원하는 것을 아무런 준비 없이 빼앗길지도 모른다는 두려움이 자리 잡고 있다. 두려움은 내가 원하는 안전과 내가 빼앗길지도 모르는 안전 사이의 거리감을 지나치게 예민하게 인식할 때 발생한다. 불합리한 공포가 커질수록 방어기제는 필요 이상으로 더욱 예민하게 작동한다.

방어기제는 한껏 예민해진 상태, 그러나 정말 내 마음을 지킨다기보다 내가 감정을 느끼지 않도록 나 자신을 통제하는 데 힘을 기울이는 상태다. 이는 마음챙김mindfulness의 반대, 즉 마음놓침mindlessness 상태라고 할 수 있다. 그 사람을 잃는 것이 두렵다 해도 그를 더욱 후회 없이 아무런 조건 없이 그저 사랑하면 된다는 것을 알면서도, 우리는 그 사람을 잃어버릴지도 모른다는 공포에 빠져든다. 그 공포에 마음의 운전대를 내주는 것이다. 엘렌 랭어Ellen Langer의 《마음챙김》(더퀘스트, 2015)은 마음의 운전대를 꽉 붙드는 최소한의 태도 변화만으로도 삶이 완전히 바뀔 수 있음을 증언한다.

엘렌 랭어는 운동을 전혀 하지 않는 호텔 객실 청소원들을 대상으로 한 실험을 소개한다. 실험 참가자들에게 객실 청소를 할 때마다 '나는 운동을 하고 있다, 나는 지금 헬스클럽에서 운동을 하고 있는 것이다'라는 자기암시를 주라고 제안한 후, 그들의 건강 상태를 체크해보았다. 대조집단에서는 아무런 변화가 일어나지 않았지만, 평소와 똑같은 노동을 하면서도 나는 지금 운동을 하고 있다는 자기암시를 통해 마인드세트mind-set를 변화시킨 청소원들은 몸무게와 허리치수는 물론 체질량지수까지 모두 획기적으로 변화했다고 한다. 현실은 전혀 변하지 않았지만 마음의 프레임을 바꿈으로써 건강상태를 완전히 바꿀 수 있었던 것이다.

특별히 운동을 하지 않고 오직 힘든 육체노동에만 길들여 있는 사람들이 '나는 지금 청소를 하는 것이 아니라 헬스클럽에서 운동을 하고 있다'는 자기암시만으로도 체중이 줄고 혈압이 낮아지며 건강상태가 좋아졌다. 자신이 최고의 기량을 발휘하는 장면을 상상하며 음악을 듣고 조용히 마음챙김 명상을 즐기는 운동선수들처럼, 우리는 마음의 작동기제, 즉 마인드세트를 바꿈으로써 똑같이 반복되는 일상을 나를 위한 특별한 시간으로 바꿀 수 있다. '난 정말 이 일이 하기 싫어. 어떻게 하면 노동시간을 조금이라도 단축할 수 있을까'라는 익숙한 방어기제보다 훨씬 효과적으로 '마음놓침' 상태에서 해방될 수 있는 길이다.

우리는 흔히 더 많은 책임을 지는 것은 더 많은 스트레스에 노출되는 것이라고 생각한다. 책임을 회피하는 것이 가장 흔한 방어기제 중 하나인 이유도, '책임=스트레스'라는 우리 안의 편견 때문이다.

그런데 책임과 애정이 결합하면 놀라운 효과가 나타난다. 관심과 애정을 갖고 있는 대상에게 책임감을 느끼는 순간, 우리는 더욱 강인해지고 행복해진다. 예컨대 반려견에게 사랑을 듬뿍 쏟는 사람들은 동물과 자신의 유대관계에서 삶의 활력소를 찾으면서 우울증의 빈도가 낮아진다. 돈을 벌기 위해 어쩔 수 없이 일했던 사람이 뒤늦게 자신의 재능을 발견하고 진짜 원하는 직업을 갖게 됐을 때, 그는 환경이 매우 열악하더라도 전혀 개의치 않고 자신의 일에 온전히 집중하며 자기 안의 재능을 한껏 펼치게 된다.

애정과 책임감이 결합했을 때, 인간은 '이런 일은 못해'라는 익숙한 방어기제를 부수고 '이런 일도 얼마든지 해낼 수 있어'라는 자신감을 갖게 된다. 때로는 자기 안의 익숙한 방어기제를 깨뜨리는 것이 자기발견과 자아성장에 훨씬 큰 도움을 주는 것이다.

심리학자 엘렌 랭어는 코네티컷의 요양원에서 '앞으로 살 날이 얼마 남지 않았다'고 생각하는 노인들에게 새로운 실험을 한다. 노인들에게 키우고 싶은 화초가 무엇인지 물어본 뒤 화초를 하나씩 나눠주며, 이 화초를 열심히 키워보라고 조언한 것이다. 그리고 실험 참가자들에게 '요양원의 지시에 따르기만 하지 말고, 자신의 일과는 자신이 책임지고 결정하라'는 조언도 함께 했다.

1년 반 뒤 그들에게 나타난 변화는 놀라웠다. 자기가 고른 화초를 열심히 키운 노인들은 그렇지 않은 노인들에 비해 훨씬 활동적이고 명랑했다. 건강도 좋아지며 사망률도 현저히 떨어졌다. 똑같은 요양원에서 같은 것을 먹고 같은 의료 서비스를 받았음에도, 이 화초는 내가 돌봐야 한다는 책임감을 느끼며 살아간 노인들은 훨씬 정신이 맑았고 건강도 월등히 좋아졌다. '나는 무언가 중요한 일을 하고 있는 사람이다'라는 자긍심이 그들을 더욱 건강하고 쾌활하게 만든 것이다.

엘렌 랭어는《마음챙김》에서 노인을 위한 긍정적인 마인드세트의 중요성을 강조한다. 사람들은 노인이 된다는 것을 곧 병약함과 동일시하기 때문에 노인들에게 별다른 기대를 하지 않는데, 바로 그 아무런 기대를 하지 않는 상태가 노인들에게 악영향을 끼칠 수 있기 때문이다. 아무도 나에게 기대를 하지 않으니, 더 나은 존재가 되려는 노력을 포기하게 되고, 자존감은 더욱 떨어지게 된다. 하지만 노인들에게 긍정적인 마인드 세트를 심어줌으로써 젊음을 되찾게 해주는 프로젝트는 엄청난 효과를 발휘했다. 우리는 엘렌 랭어의 실험을 통해 몸을 향한 마음의 승리를 확인한다. 즉 마음이 몸을 속이도록 만들어서 20년 전의 건강과 젊음을 되찾을 수도 있다는 것을.

감정을 소중히 하되 감정의 소유물이 되지 않기 위하여

감정에 휘둘려 중요한 일을 충동적으로 결정해버리고, 이성적인 판단보다는 감정의 파도에 휘말려 일을 그르치는 것이 바로 마음놓침 상태의 위험이다. 늘 피곤에 절어 있고 번아웃 상태에 시달리는 현대인들은 항시적으로 마음놓침의 위험에 노출돼 있는 셈이다.

나는 마음에 대한 문장, 심리학에 대한 책, 인간의 고통을 다룬 예술작품을 볼 때마다 내 마음이 아직 깨어 있다는 것을 느낀다. 마음에 대해 발화하는 모든 텍스트가 지쳐버린 마음을 깨우고 있다는 것을 느낄 때마다 새로운 마음챙김 상태로 리셋되는 느낌을 받는다. 지치고 힘들 때마다, 창의력이 떨어지고 권태감이 밀려들 때마다, 그 마음놓침 상태를 각성시킬 수 있는 새로운 문화적 자극을 찾는 노력이야말로 우리가 일상 속에서도 실천할 수 있는 마음챙김 수련이다.

켄 윌버의 《무경계》(정신세계사, 2012)는 나와 나 아닌 것의 경계를 과도하게 분리하는 현대인의 정신세계가 우울과 고통을 더욱 심화한다고 지적한다. 나와 타인의 경계, 내가 할 수 있는 일과 내가 할 수 없는 일의 경계, 나를 기쁘게 하는 것과 나를 슬프게 하는 것의 경계를 끊임없이 나누며 선을 긋는 분별심이 자아를 더욱 축소시키고 스스로의 세계를 확장할 수 있는 기회를 빼앗아간다.

나는 《무경계》를 읽으며 부분과 전체의 관계에 대한 저자의 통찰에서 커다란 위로를 받는다. 켄 윌버는 우리가 고통받을 때 오직 부분만이 고통받을 뿐, 전체는 고통받지 않는다고 생각했다. 그러니까 고통이 내 온몸을 사로잡을 때조차, 그 고통은 내 전체가 아닌 내 부분을 괴롭히고 있음을 깨달을 때, 고통은 경감되고 고통을 느끼고 있는 바로 그 부분에 대한 자각이 일어나게 된다. 과연 무엇 때문에 고통받고 있는지 정확히 인식하면, 고통 앞에 용감히 직면할 수 있는 용기도 생길 수 있다.

켄 윌버는 《무경계》에서 부분을 향한 집착에서 벗어나 전체를 통찰하는 지혜에 다다를 것을 제안한다. 고통받는 나라는 자기 이미지는 결국 자신의 부분을 향한 집착이라는 것이다. 우리의 부분은 고통받을지라도, 우리의 전체는 자유와 해방과 광명의 의미를 잘 알고 있다는 점을 잊지 말아야 한다. 이 전체성의 지혜를 놓치지 않는다면, 아무리 고통받는 순간에도 나는 자유와 해방의 의미를 아는 전체임을 잊지 않을 수 있다. 내가 슬퍼하는 것, 내가 아파하는 것, 그 모든 것은 나의 부분임을 이해할 때, 우리는 우리 안에 이미 존재하는 더 커다란 전체의 힘을 자기치유의 동력으로 전환할 수 있다. 이런 사고방식에 익숙해지면 마침내 부분과 전체의 구분조차 환상이었음을 깨닫게 되고, 내면의 고립된 나 자신이 홀로 겪어야 했던 모든 고통의 순간에서 해방될 수 있다.

어떤 괴로움도 진정한 나 자신이 아니다. 모든 괴로움의 원인이 나 자신도 아니다. 어떤 괴로움도 진정한 나를 이루고 있지 않다는 사실을 이해할 때, 우리는 고통으로부터 해방될 수 있다. 고통이 나를 공격할 수는 있지만, 그 고통이 나의 중심이 아니라는 것을 깨달을 때, 고통이 마음의 운전대를 제멋대로 조종하는 참사를 막을 수 있다. 괴로움이 우리를 파괴하는 것이 아니라 괴로움을 향한 집착이 우리를 파괴하고 있다는 걸 깨달을 때, 슬픔은 더 이상 우리를 파괴하지 못한다. 괴로움과 나는 동의어가 아니다. 슬픔과 나는 동의어가 아니다.

에고는 자신만이 스스로 쌓아 올릴 수 있는 성벽이다. 내가 먼저 에고의 성문을 열어주지 않는 한, 누구도 제멋대로 에고의 성벽을 뚫고 들어오지 못하게 해야 한다. 에고가 약해지면 자존을 무너뜨리는 온갖 감정의 화살과 대포가 에고의 성벽 안으로 쏟아져 들어올 것이다. 당신의 자부심을 찢어발기고 당신이 소중히 여기는 것들을 짓밟는 모든 외부의 힘들을 직시해야 한다. 무섭고 두려워서 피하고 싶겠지만, 계속 도망치기만 한다면 에고의 적들은 에고라는 성벽뿐 아니라 당신의 진정한 셀프의 영역까지 침식해 들어올 것이다.

당신의 에고를 무너뜨려도 좋은 것은 오직 당신이 진정으로 사랑하는 것들이다. 사랑으로 인해 당신의 자아가 무장해제된다면 그것은 기쁜 깨어짐이다. 진실한 우정으로 당신의 자아가 흔들린다면 그것은 아름다운 방황이다. 우리는 이미 우리 자신을 지키고 사랑하고 치유할 모든 에너지를 지니고 있다. 그 에너지를 발굴하고 활성화해서, 마침내 자기극복을 위해 활용할 수 있는 지혜야말로 자기치유의 심리학이다. 그 무엇도 당신을 작아지게 하도록 내버려두지 말라. 세상 무엇도 당신의 자아를 움츠러들게, 짓누르게, 빛바래게 하지 못하도록 온 힘을 다해 저항하라.

고마워요,
다시 사랑할 기회를 줘서

요즘 나는 사랑을 넘어선 사랑의 가능성을 생각하고 있다. 커플 간의 사랑을 뛰어넘는 사랑, 한 사람을 향한 로맨틱한 감정이 아니라 존재 자체를 향한 좀 더 보편적인 사랑에 대한 갈구가 커져간다. 내 가슴을 뛰게 하는 사람을 사랑하고, 신경 쓰고, 잘해주는 것은 매우 자연스럽다. 하지만 때로는 존재의 한계를 뛰어넘는 사랑, 인간이라는 존재 자체, 살아 있는 생물 자체, 나와 다른 모든 것에 대한 사랑, 인생과 세계 자체를 향한 더 크고 깊은 사랑이 필요한 것이 아닐까. 사랑을 넘어선 사랑에는 어떤 집착도 없다. 한 존재의 다른 존재를 향한 무한한 이해와 존중만으로 충분한, 그런 맑고 투명한 사랑이다.

한 출판사 사장님은 아들 둘이 모두 장성해 집을 떠난 뒤, 10개월 된 어린 강아지 몰티즈 '보리'를 키우며 예전에는 결코 보여준 적이 없던 아빠 미소를 만면에 가득 머금고 있다.

'보리'를 입양한 뒤부터, 아이들이 모두 떠나간 쓸쓸한 집안이 더 이상 외롭지 않아졌다고 한다. 보리가 미친 듯이 꼬리를 흔들며 자신에게 안길 때, 그때 비로소 '자신이 아이들에게 주지 못한 사랑'이 무엇인지 깨달았다고 한다. "아이들한테 전화해서 그동안 엄마 아빠가 싸우는 모습 너무 많이 보여줘서 미안하다고 했어. 보리처럼, 이렇게 조건 없는 사랑을 줬어야 했는데. 너무 많은 걸 바라며 살았던 게 후회되더라고. 보리처럼, 그렇게 아무 꾸밈없이, 조건 없이 사랑했어야 하는데."

그 이야기를 듣는 순간 눈물이 핑 돌았다. 사랑을 뛰어넘는 사랑이란 그런 거구나. 가족이기에 인간이기에 사랑하는 것이 아니라, 너무도 사랑스러운 존재가 내게 와줬다는 것만으로도, 내 삶은 물론 지나간 모든 시간의 과오마저도 끌어안게 되는 더 큰 사랑이 바로 그것이었다.

2018년에 나는 생애 최초로 작업실 집들이를 했다. 원고를 집중적으로 쓰기 위해 마련한 작업실이지만, 요즘 점점 이 작업실은 '사랑하는 사람들을 초대하기 위한 무료 게스트하우스'로 변해가고 있다. 내 책을 만들어준 편집자는 '여행 온 기분이다. 집에 가기 싫다'며 아예 작업실에서 1박 2일을 머물다 갔다. 그녀는 밤새 눈물을 쏟으며 자신의 아픈 상처를 털어놓은 뒤 지쳐 쓰러져 소파에서 잠이 들었다.

나는 그녀의 어깨를 토닥이며 말했다. "너는 강인한 전사야. 절대 물러서지 마. 너는 네가 꿈꾸는 삶을 지킬 권리가 있어. 아무도 널 함부로 상처 줄 수 없어." 그녀가 잠들고 나서야 깨달았다. 그 말이 나 자신을 향한 위로이기도 함을, 그리고 지금 힘들어하고 있는 사람에게 들려주고 싶은 말임을.

집들이에서 10년 만에 만난 한 선배는 "넌 많은 일을 하면서 글은 도대체 언제 쓰냐"고 걱정을 해줬다. 그러더니 정말 뜬금없이 환한 미소를 지으며 나를 바라봤다. 그 햇살 같은 미소가 바로 삶에 대한 사랑, 존재에 대한 사랑임을 단번에 이해했다. 너무 오랫동안 그리운 사람들도 만나지 못하고, 스스로를 감옥에 가둔 듯 잔뜩 웅그린 채 살아왔던 내 그늘진 외로움을, 선배는 따스한 미소로 한꺼번에 치유해줬다.

오늘도 참 힘든 하루를 보냈을 당신에게, 그 미소의 따스한 온기를 이 글을 통해 선물하고 싶다. 한 사람에 대한 배타적 사랑, 가족과 조직을 향한 폐쇄적 사랑을 넘어, 인간을 향한, 존재를 향한, 세상 전체를 향한 더 깊고 커다란 사랑이 내 안에서 무르익어가기를. 살아 있음에, 아직 서로 사랑할 수 있음에, 이 험난한 세상에서도 아직 사랑하는 법을 잊지 않았음에 감사하는 그런 눈부신 기념일이 바로 오늘이기를.

내 삶의 진짜
주인공이 되는 시간

한 선배가 이런 이야기를 해주었다. "대학 시절 너에 대해 다른 아이들이 하는 이야기를 듣고 기분 나빴던 적이 있어. '뭔가 어려운 일이 있을 때 여울이한테 물어 봐. 여울이라면 다 들어줄 거야' 이런 식으로 이야기하더라고." 사람들이 나를 그런 식으로 생각하는지, 그때는 꿈에도 몰랐다. 나는 고분고분한 사람, 호락호락한 사람으로 비친 것일까. "여울이에게 이야기해 봐. 여울이라면 다 들어줄 거야." 남들이 뒤에서 나에 대해 그런 '뒷말'을 나누리라고는 상상도 하지 못했다. 그 시절 나는 누가 뭐래도 남의 부탁을 잘 들어주는 예스맨이었던 것이다. 어쩌면 나는 그저 부탁을 거절하지 못하는 착한 사람이 아니라, 타인이 곤란한 상황에 처했을 때 도움을 줄 수 있는 사람이라는 만족감을 얻고 있었던 것이 아닐까. 사실 거절하는 마음의 불편함을 참아내는 것이 어려울 뿐이었다. 나 스스로가 내 삶의 엑스트라가 되어버리는 순간이었다.

나는 이제 안다. '허락'이 나다움을 만들어주는 순간보다 거절이 나다움을 만들어주는 순간이 훨씬 많다는 것을. 마뜩잖은 부탁을 처음으로 거절하는 순간, 나는 진정한 나 자신이 되었다. 친구가 자신의 과제를 나에게 대신 써달라고 부탁할 때, 나는 안 되겠다고 대답했다. 그 아이는 나에게 다시는 말을 걸지 않았다. 그런 관계라면 처음부터 진정한 친구가 아니었던 것이다. 타인의 부탁을 들어줄 때 나는 아무런 대가를 바란 적도 없고 그냥 누군가에게 도움이 된다는 것이 좋았지만, 그다음부터는 그런 소극적인 만족감을 삶의 울타리 바깥으로, 저 멀리 밀어내기 시작했다. 정신 차리는 계기가 되었다. 내 삶의 주체성을 내가 찾지 않는 한 누구도 내 삶을 대신해줄 수 없다는 것을 알게 된 것이다.

우리는 언제 내 인생의 진짜 주인공이 되는가. 내가 진심으로 원하는 것을 얻기 위해 때로는 나를 사랑하는 사람들과도 기꺼이 싸울 수 있을 때, 우리는 진짜 나 자신이 되는 것이 아닐까. 단지 힘들었다는 건 싸움의 증거가 되지 않는다. 그것이 누구의 싸움이냐, 누구를 위한 싸움이었느냐가 중요하다. 공부를 잘한다든지 칭찬을 받는다는 것은 내 안의 진짜 욕망이 아니다. 내가 무언가를 열심히 해냈더라도, 그 동기부여의 주체가 누구였느냐를 생각하면, 내 안에서 싹터 내 삶의 자양분으로부터 잉태된 욕망의 싹이 아닌 경우가 많았다. 조지프 캠벨Joseph Campbell · 빌 모이어스Bill Moyers의 《신화의 힘》(21세기북스, 2017)을 읽으며, 나는 내가 한 번도 내 안의 용, 즉 '너는 안될 거야'라는 두려움과 제대로 결투해본 적이 없다는 것을 알았다. 내 안에서 변명의 목소리가 들려왔다. 너도 충분히 힘들었잖아. 너는 고생했잖아. 마음고생은 누구보다도 심했잖아. 하지만 변명의 소리, 앓는 소리를 하는 내 안의 또 다른 나에게 나는 잠시 조용히 하라고, 내 자신의 그림자와의 만남을 제발 방해하지 말라고 소리쳤다. 생각해보니 정말 새로운 도전을 해본 적이 없었다. 부모가 둘러준 울타리 바깥을 나간 적 없었던 나, 한 번도 새로운 삶에 도전해보지 않은 나를 발견했다. 마침내 작가가 되는 길을 선택할 때, 내 안의 부모의 시선이라는 용과 싸워야 했다. 부모님이 좋아하시지 않는 길을 걸어본 적이 없는 나에게는, 부모님이 그토록 반대하시는 일을 끝까지 해낼 용기가 없었다. 하지만 나는 내 안의 용과 싸워 이기고 싶었다. 내 안의 숨 쉬는 작가의 가능성과 만나는 것은 곧 부모라는 용, 초자아Superego라는 내면의 감시자와 싸워 이겨야만 가능한 일이었다. 그것은 매번 새로운 글을 씀으로써 조금씩 내 안의 또 다른 나와 만나는 모험의 과정이었다. 글을 쓸 때마다, 새로운 책을 낼 때마다 나는 내 안의 용과 싸운다. 그럼으로써 더 나은 나 자신, 더 깊고 지혜로운 또 하나의 나와 만나려고 분투한다.

개성화란 내 안의 더 큰 나와 만나는 것, 내 안에 숨겨진 나만의 신화를 살아내는 것이다. 내 삶의 주인공이 된다는 것, 그것은 내 인생의 주도권을 누구에게도 넘겨주지 않는 강인한 뚝심을 기르는 것이다. 내 삶의 주인공이 된다는 것은 내가 원하는 삶을, 내가 원하는 방식으로, 내가 원하는 사람들과 함께 만들어갈 수 있는 용기를 한순간도 잃지 않는 것이다.

도움을 받다。

프롤로그。'너는 안 될 거야'라는 목소리와 싸운다는 것

- 한스 크리스티안 안데르센, 〈인어공주〉, 1837
- 존 머스커 · 론 클레멘츠 감독, 〈인어공주〉, 1991

1。제대로 사랑하는 법을 몰랐기 때문에

놓쳐버린 기회가 가슴을 저밀 때

- 헨리 데이비드 소로, 《월든》, 강승영 옮김, 은행나무, 2011
- 프랑수아즈 사강, 《브람스를 좋아하세요》, 김남주 옮김, 민음사, 2008
- 루트비히 판 베토벤, 〈황제〉

내 안의 무의식이 꿈틀, 깨어나는 순간

- 김서영, 《영화로 읽는 정신분석》, 은행나무, 2014
- 조지 루카스 감독 외, 〈스타워즈〉 시리즈, 1977~

그림자 노동의 물결이 밀려온다

- 크레이그 램버트, 《그림자 노동의 역습》, 이현주 옮김, 민음사, 2016
- 이반 일리치, 《그림자 노동》, 노승영 옮김, 사월의책, 2015

비록 당신이 서툴고 상처투성이일지라도

- 마이클 호프만 감독, 〈한여름 밤의 꿈〉, 1999

두려움을 고백하는 용기가 필요한 순간

- 귄터 그라스, 《양파 껍질을 벗기며》, 장희창 · 안장혁 옮김, 민음사, 2015

고통을 마주하는 인간의 위대함

- 조민호 감독, 〈항거〉, 2019
- 빅터 프랭클, 《의미를 향한 소리없는 절규》, 오승훈 옮김, 청아출판사, 2005

영원한 결핍, 더 나은 삶을 향한 목마름

- 브라이언 싱어 감독, 〈보헤미안 랩소디〉, 2018
- 퀸, 〈러브 오브 마이 라이프 Love of My Life〉
- 퀸, 〈돈트 스탑 미 나우 Don't Stop Me Now〉
- 김진영, 《아침의 피아노》, 한겨레출판, 2018

2. 당신이 인정하고 싶지 않은 당신까지도

페르소나, 가면의 인격을 품어 안는 길

- 켄지 요시노, 《커버링》, 김현경 · 한빛나 옮김, 민음사, 2017

페르소나와 트라우마의 행복한 공존을 꿈꾸며

- 카를 구스타프 융, 《원형과 무의식》, 한국융연구원 C.G. 융 저작 번역위원회 옮김, 솔, 2002
- 로버트 루이스 스티븐슨, 《지킬 박사와 하이드》, 1886

열등감을 극복하고 더 나은 삶을 향해 나아가는 길

- 지크문트 프로이트, 《기관 열등성과 심리적 보상의 작용》, 1907
- 베란 울프, 《아들러의 격려》, 박광순 옮김, 생각정거장, 2015
- 프랭크 다라본트 감독, 〈쇼생크 탈출〉, 1995
- 샐리 포터 감독, 〈더 파티〉, 2018

내 마음의 날카로운 창끝을 누그러뜨리는 마음챙김

- 마크 엡스타인, 《트라우마 사용설명서》, 이성동 옮김, 불광출판사, 2014

우리는 매일 무언가를 숨기고 있다

- 켄지 요시노, 《커버링》, 김현경 · 한빛나 옮김, 민음사, 2017

3. 마음의 안부를 물을 시간이 필요하다

자기혐오를 넘어 자기공감의 시간으로

- 베르너 바르텐스, 《공감의 과학》, 장혜경 옮김, 니케북스, 2017

마침내 자신의 그림자와 화해하는 사람들

- 미국 HBO 제작, 〈왕좌의 게임〉 시리즈, 2011~2019

지친 마음을 치유하는 음식을 찾아서

- 데이비드 겔브 제작, 〈셰프의 테이블〉 3부, 2017

상처 입은 내면아이를 위로하는 따스함

- 헤르만 헤세, 《데미안》, 1919

서른이 넘도록 아직 꿈을 찾는 당신에게

- 어니스트 헤밍웨이, 《노인과 바다》, 1952

제자의 인생을 바꾸는 스승의 언어

- 존 윌리엄스, 《스토너》, 김승욱 옮김, 알에이치코리아, 2015

만나지 않아도 가르침을 주는 멘토

- 플라톤, 《향연》
- 헤르만 헤세, 《데미안》, 1919

4. 슬픔에 빠진 나를 가장 따스하게 안아주기

아름다운 흔적을 남기고 떠난다는 것

- 장영희, 《내 생애 단 한 번》, 샘터, 2010
- 공자, 《논어》

내가 나의 치유자가 될 수 있을까

- 마크 월린, 《트라우마는 어떻게 유전되는가》, 정지인 옮김, 심심, 2016
- 윤동주, 〈병원〉, 1948
- 베셀 반 데어 콜크, 《몸은 기억한다》, 제효영 옮김, 김현수 감수, 을유문화사, 2016
- 낸시 마이어스 감독, 〈로맨틱 홀리데이〉, 2006

번아웃 시대, 내 안의 잃어버린 에너지를 찾아서

- 미하엘 엔데, 《모모》, 한미희 옮김, 비룡소, 1999
- 사빈 바타유, 《번아웃, 회사는 나를 다 태워 버리라고 한다》, 배영란 옮김, 착한책가게, 2015
- 정유진 · 오미영, 〈방송 제작 종사자들의 '번아웃'에 관한 연구〉, 한국언론학보 59권 1호, 2015

우울증, 과연 마음의 감기인가

- 베셀 반 데어 콜크, 《몸은 기억한다》, 제효영 옮김, 을유문화사, 2016
- 권혜경, 《감정조절》, 을유문화사, 2016
- 게오르크 피퍼, 《쏟아진 옷장을 정리하며》, 유영미 옮김, 부키, 2014

콤플렉스, 인간 정신의 화약고

- 베레나 카스트, 《콤플렉스의 탄생, 어머니 콤플렉스 아버지 콤플렉스》, 이수영 옮김, 푸르메, 2010
- 가와이 하야오, 《콤플렉스 카페》, 위정훈 옮김, 파피에, 2011
- 제임스 홀리스, 《인생 2막을 위한 심리학》, 정명진 옮김, 부글북스, 2015
- 한덕현, 《마음속에는 괴물이 산다》, 청림출판, 2013
- 지크문트 프로이트, 《꿈의 해석》, 1900

외상 후 스트레스 장애, 끝나지 않은 상처의 역습

- 바빗 로스차일드, 《내 인생을 힘들게 하는 트라우마》, 김좌준 옮김, 소울메이트, 2013
- 구스 반 산트 감독, 〈굿 윌 헌팅〉, 1998

방어기제, 나를 지키기 위한 마음의 무기

- 안나 프로이트, 《자아와 방어기제》, 김건종 옮김, 열린책들, 2015
- 켄 윌버, 《켄 윌버의 통합비전》, 정창영 옮김, 김영사, 2014
- 엘렌 랭어, 《마음챙김》, 이양원 옮김, 더퀘스트, 2015
- 켄 윌버, 《무경계》, 김철수 옮김, 정신세계사, 2012

에필로그. 내 삶의 진짜 주인공이 되는 시간

- 조지프 캠벨 · 빌 모이어스, 《신화의 힘》, 이윤기 옮김, 21세기북스, 2017